中华魂

ZHONGHUA HUN

百部爱国故事丛书

生的伟大　死的光荣

——女英雄刘胡兰

庞立生　刘　晓　编著

吉林人民出版社

图书在版编目（CIP）数据

生的伟大 死的光荣：女英雄刘胡兰 / 庞立生，刘晓编著 . -- 长春：吉林人民出版社，2011.3（2021.8 重印）
（中华魂·百部爱国故事丛书）
ISBN 978-7-206-07537-7

Ⅰ. ①生… Ⅱ. ①庞… ②刘… Ⅲ. ①革命故事－中国－当代 Ⅳ. ① I247.8

中国版本图书馆 CIP 数据核字 (2011) 第 032596 号

生的伟大　死的光荣
——女英雄刘胡兰

SHENG DE WEIDA　SI DE GUANGRONG
——NÜ YINGXIONG LIU HULAN

编　　著:庞立生　刘　晓
责任编辑:刘子莹　　　　封面设计:孙浩瀚
制　　作:吉林人民出版社图文设计印务中心
吉林人民出版社出版 发行(长春市人民大街7548号　邮政编码:130022)
印　刷:北京一鑫印务有限责任公司
开　本:787mm×1092mm　　1/16
印　张:8　　　　　字　数:64千字
标准书号:ISBN 978-7-206-07537-7
版　次:2011年3月第1版　　印　次:2021年8月第2次印刷
定　价:35.00元

总 序

《中华魂》是一套故事丛书。它汇集了我国自鸦片战争以来一百八十余年间的近百位民族英雄、仁人志士、革命领袖、先进模范人物的生动感人事迹，表现了他们作为中华儿女的伟大的爱国主义精神。

爱国主义是人们对于“生于斯、长于斯、衣食于斯”的祖国的一种神圣感情，是人们对于自己民族的一种强烈的责任感和使命感，是感召和激励整个中华民族的一面永不褪色的旗帜。在一百多年的中国近现代史上，爱国主义一直激励着中华儿女为祖国的独立、统一、进步和繁荣而英勇奋斗。从“苟利国家生死以，岂因祸福避趋之”的林则徐，到“我自横刀向天笑，去留肝胆两昆仑”的谭嗣同；从“铁肩担道义，妙手著文章”的李大钊，到“青春换得江山壮，碧血染将天地红”的赵一曼；从“县委书记的好榜样”的焦裕禄，到“问鼎长天，扬我国威”的邓稼先……都表现出了强烈的爱国主义精神。正是由于热爱祖国的人们前仆后继地奋斗，国家和民族才得以生存，才能够在一次次历史危急关头转危为安，走向兴盛和富强，从而屹立于世界民族之林。爱国主义是鼓舞中华儿女历经忧患、跨越沧桑、百折不挠、自强不息的伟大力量，它贯穿于中华民族的整个历史，并有力地凝聚着五洲四海的中国人。

爱国主义是一个历史的范畴，在社会发展的不同阶段、不同时期有不同的具体内容。革命时期，需要我们为祖国的独立自主出生入死；建设时期，需要我们为祖国的繁荣富强增砖添瓦。在全国各族人民团结一心，开启全面建设社会主义现代化国家新征程的今天,我们要争做一名新时期的爱国者。新时期的爱国者要有强烈的民族自尊心、自豪感。民族自尊心、自豪感是任何时期、任何爱国者都必须具备的情感。民族自尊心能增强我们自立向上的恒心,民族自豪感能树立我们建设祖国的信心。要树立"祖国高于一切"的崇高信念,为了祖国和人民的利益不惜抛却个人的利益,甚至不惜牺牲个人的生命。我们要树立终身学习的理念,拓宽自己的知识面,广泛吸收新知识、新技术,完善自身的知识结构,更新学习知识的方法与理念,从思想上、知识上充分武装自己,为祖国的繁荣昌盛贡献力量。

爱国主义思想的继承和发扬,是关系到民族盛衰、国家兴亡的根本问题。爱国主义思想情操的形成,需要不断地培养。培养爱国主义精神的一个重要途径是向英雄人物和典范事迹学习和致敬。这套丛书的出版,对于青少年向英雄和先进人物学习,特别是对于在中小学生中进行爱国主义教育是不可多得的生动的教材。祝愿此书出版发行成功,为培养时代新人做出贡献。

胡维革

中华魂
百部爱国故事丛书

怕死就不当共产党员！

——刘胡兰

目　录

中华魂
百部爱国故事丛书
ZHONGHUA HUN

人民英雄紀念碑

三年以来在人民解放战争和人民革命中牺牲的人民英雄們永垂不朽

三十年以来在人民解放战争和人民革命中牺牲的人民英雄們永垂不朽

由此上溯到一千八百四十年从那時起为了反对内外敵人爭取民族独立和人民自由幸福在歷次鬥爭中牺牲的人民英雄們永垂不朽

中國人民政治協商會議第一屆全体會議建立

一九四九年九月三十日

周恩来总理为人民英雄纪念碑书写的碑文

那是一个水深火热动荡不安的年代。

日本帝国主义的铁蹄踏遍了我国东北三省，继而步步进犯，妄图吞并全中国。

国民党反动派和山西军阀阎锡山投降卖国，步步退让，同时又不断残酷压榨着老百姓。

老百姓的血泪，汇成了滔滔汾河水。他们弯着腰，汗珠落在麦穗上；他们低下头，眼泪掉在空碗里。

这时，中国共产党举起了抗日的旗帜，掀起了轰轰烈烈的抗日斗争。

在苦难中呻吟的晋中平原开始沸腾起来，抗日的烽火在燃烧、在蔓延。地处平原西部的文水县云周西村也不甘寂寞，抗日的热情逐渐高涨。

我们的英雄刘胡兰便诞生在这艰苦卓绝疾风暴雨的年代。

英雄在苦难中诞生

1932年，刘胡兰在一个贫苦农民的家庭出生了。

出生时父母给她起名“刘富兰”，从名字上就可以看出一个挣扎在苦难与贫困线上的家庭对富裕生活的企盼与追求。然而，在那黑暗笼罩的年代，数不清的苛捐杂税与劳役压得这个家庭连气都喘不过来。

爷爷刘来成和爹爹刘景谦都是憨厚而又老实的农民，也是村里有名的好劳力，一年四季不闲着。大伯父刘广谦在交城县做买卖。奶奶则是个把家过日子的能手，整天带领两个媳妇纺花织布，烧茶煮饭，料理家务。

胡兰出生在山西省文水县云周西村的一个贫苦家庭。

而由于长期

的清贫与劳累，生母王变卿身体虚弱多病，特别是生下其妹爱兰之后，一病不起。刘胡兰4岁时，生母就撒手人寰。刘胡兰过早地失去母爱，倍加体尝到了人生的不幸与苦难。因此，胡兰从小就是个聪明懂事的孩子。

1937年7月7日，日军发动了震惊中外的“卢沟桥事变”，抗日战争全面爆发，中国共产党领导的八路军、新四军全面开赴抗日前线。文水人民在中国共产党的领导下，也组织了抗日游击队，与日本侵略军展开了英勇斗争。

不久，八路军来到文水，同人民一道抗战，刘胡兰和云周西村人民一起欢迎子弟兵。

八路军和人民心连心，男女老少齐动员。

抗日的烽火燃遍了吕梁山麓，救亡浪潮席卷了汾河两岸。1938年4月中共清（清源县）、太（太原县）、徐（徐沟县）特委文水特别支部成立，文水县抗日民主政府同时成立，年轻的共产党员顾永田同志担任了第一任县长。5月，文水县抗日游击队在离云周西村25公里远的大象镇伏击了日本侵略军，战斗结束后，刘胡兰跟父亲一起慰问游击队，祝贺新胜利。

顾永田是文水县人民爱戴的好县长，1938年，他来到云周西村，宣传抗日救国的道理，刘胡兰认真听了他的演讲。这年秋天，云周西村成立了抗日民主村公所，广大人民欢欣鼓舞，热烈庆祝。

1939年秋天，云周西村成立了共产党地下组织，党组织十分重视对青少年的培养和教育，常给刘胡兰他们讲一些革命的道理，也就在这一年云周西村办起了抗日小学，还未入学的刘胡兰就经常和小伙伴们到学校听唱歌、看游戏。

1940年初，共产党领导的抗日军民粉碎了国民党反动派的第一次反共高潮，取得了反顽固斗争的伟大胜利，晋绥边区政府也在兴县成立了，抗日形势进一步发展。那时候，八路军经常在云周西村驻扎，他们出操、训练、学习、做群众工作，刘胡兰看在眼里，喜在心上，常常模仿八路军和小伙伴们玩游戏。晋绥边区和党中央的领导同志经常路过这里，县干部们也经常在云周西村活动，刘胡兰常听他们讲革命故事，迟迟不想离去。伟大的革命时代，深刻地影响着刘胡兰，使刘胡兰在抗日战争的暴风雨中度过了童年时代。

拓展阅读 TUOZHAN YUEDU

生母的早逝使胡兰变得更加懂事起来，成为家里的一名好帮手。1940年，在刘胡兰生母王变卿撒手人寰的4年后，胡文秀从南胡家堡嫁了过来，成了刘胡兰的继母。勤劳善良的胡文秀与一家人和睦相处；特别是对胡兰、爱兰姐妹俩无微不至的关心、呵护，使幼小的刘胡兰重新感受到了母爱的温暖和幸福。

1941年，9岁的刘胡兰上了冬学，母亲胡文秀在小本子上端端正正地给她写下了“刘胡兰”3个字，将“富”字有意改成自己的姓氏“胡”字，这一字之差透出了母女间的深情厚谊。由于连年的战乱，冬学不久就停办了，母亲胡文秀见刘胡兰勤奋好学，便利用在家纺线的机会，手把手地教刘胡兰认字、写字。

而此时，刘胡兰的奶奶也经常给她和妹妹爱兰讲述苦难的家史和村史，父亲刘景谦则经常和乡亲们一起去根据地给八路军送粮食、布匹，他常对女儿说：“答应了八路军的事，咱就是拼上命也要完成。”

一场风波

胡兰十多岁时，她在村里经常碰到许多抗日战士，从他们那里，她听到了许许多多的英雄故事。使胡兰在平静的家庭生活之外，打开了一扇新的窗子，看见了一片新的天地，抗日的种子在她的心里迅速生根发芽。开始，胡兰只是和自己的伙伴金香、玉莲她们偷偷给抗日干部站岗、通风、放哨、报信。

1943年，日寇为了维护其日益残败的局面，拼命地抢粮抓丁，党领导农民针锋相对，开展了抗粮斗争。有一天，敌人又来抢粮食，刘胡兰机智地把敌人引向破坏抗粮工作的地主家，保护了人民的利益。

无数革命英雄的形象铭刻在胡兰心中。

1944年秋天，抗日形势逐渐好转，村里的抗日团体也逐渐暗中恢复了，胡兰便和自己的伙伴一起参加了妇救会，并成为其中的积极分子。她经常挨家挨户作抗日宣传，有时也做军鞋、做军袜，阅读各地油印的宣传品。胡兰在外面的活动刚开始是暗地里进行的，家里人都不知道。时间一长，纸包不住火，继母胡文秀就发觉了，但是她很开明，并不干涉胡兰的活动。胡兰最担心的倒是自己的活动被奶奶知道。奶奶一向疼爱胡兰，但对胡兰又管得很严，她一心一意要按照传统的规范把胡兰培养为一个贤惠的好姑娘，所以一天到晚总是在胡兰身边唠唠叨叨，很少让胡兰出门。胡兰哪里听得进去奶奶的老一套，就暗中背着奶奶参加村里的抗日活动。渐渐地，奶奶对胡兰经常出门有所察觉，真是又生气、又着急、又伤心。她知道，参加抗日活动是件危险的事，但又说服不了胡兰，又怕过分的逼迫真把胡兰给逼跑了，便只好无可奈何地由着胡兰。但是，胡兰偷着去贯家堡参加妇女干部训练班，倒是真的惹起了一场不大不小的风波。

有一天，胡兰得知县妇联要在贯家堡开办训练班，抽调一些基层干部去学习，伙伴们都纷纷踊跃报名参加了。胡兰的心早就动了，她知道这可是一个千载难逢的好机会，可是她又有些许犹豫，她知道奶奶肯定不能让她参加。左思右想，她决定先去参加学习，以后再写信告诉家里人。拿定了主意，这天上午，胡兰便准备临走前多做些家务活。只见她屋里屋外，上上下下，忙前忙后，先去洗衣服，然后又去补袜子，打扫房间，一刻也不闲着。看着孙女忙碌的身影，奶奶禁不住点了点头，并疼爱地让胡兰歇一会儿，别累坏了。她哪里知道，此时此刻，胡兰真是恨不得把家里的活计在临走前都做了呢！晚上，躺在炕上，胡兰想到明天就要不辞而别，心里很是激动，不过她又担心奶奶明天一知道这事一定会很生气，于是一整夜里辗转反侧。

第二天早晨，吃过早饭，胡兰仍然不动声色地像往常一样耐心地去刷洗碗筷，又到北屋里去看了看奶奶，然后告诉妈妈说："妈，我要出去一下。也许一下

子会回不来。”她故意把后一句话说得很重。妈妈知道胡兰经常去村里参加活动，便头也没抬，答应了一声，继续忙手里的活计。胡兰又不放心地叮嘱妹妹爱兰在家要听话，爱兰懂事地答应了，又有点不解地望着姐姐。胡兰笑了笑，拍了拍妹妹的肩膀，转身便匆匆地走了。吃午饭的时候，奶奶发现胡兰不在，便打发爱兰出去寻找。爱兰出去不多时便回来了，告诉奶奶没找到姐姐。奶奶一问胡兰妈妈，才知道胡兰出去了，一上午始终没有回来，禁不住心里生了气。她放下碗筷，不顾胡兰妈妈的劝说，拄着拐杖亲自出马去找胡兰。奶奶也是没找到。她焦急地走在大街上，忽然看见井台旁围着一群人在说笑。奶奶便决定过去向众人探听一下孙女的消息，走过去一看，才知道大家正在议论女孩子参加八路军的事。大家见胡兰奶奶过来了，便打趣地说："你家胡兰子参加八路军去了，你这个老奶奶也光荣啊！"胡兰奶奶一听这话，心里不由得一紧，只觉得头嗡的一声，腿都有点打颤了。这个不要命的傻姑娘，参加八路是要被敌人杀头的。想到这里，奶奶连声问大家："胡兰子究竟去了哪里？在什么地方？"大家看胡兰奶奶气色很不好，便收起笑容。大家七嘴八舌，有的说胡兰往东南方向去了，而有人又说往东北走了，说了半天谁也没说清。胡兰奶奶不禁着急地用拐杖捣着地面。这时有人建议胡兰奶奶说："去问问玉莲吧。她是和胡兰一起走的，在半路上被她大舅给截回来了。"奶奶心里真是又急又气，二话没说，便拄着拐杖直奔玉莲家。玉莲此时正在家里生闷气呢！一见胡兰奶奶来了，便猜出了她十有八九是为胡兰的事来的，自己已经无法参加学习，决不能再暴露胡兰。玉莲打定主意，便客气地问胡兰奶奶："刘奶奶，你有什么事吗？"奶奶见玉莲竟敢明知故问，更加来气了。她不客气地用拐杖指着玉莲逼问胡兰的下落。玉莲可是了解胡兰奶奶的脾气的，她索性坐在炕上，任凭胡兰奶奶吵吵嚷嚷，自己却一声不吭。正闹得不可开交，玉莲的大舅回来了，问清情况，他便说："大婶，你去问问金香吧！金香是被她妈妈亲自打发走的。"胡兰奶奶见状，便气呼呼地一口气又来到金香家。一见到金香妈，胡兰奶奶自恃是长辈，劈头便让金香妈把胡兰交出来。金香妈见胡兰奶奶已被气得不讲道理了，也不敢顶撞她，只是委屈地自我申辩道："胡兰又不是三岁两岁的小孩子，而是个十分懂事的大姑娘了。您做奶奶的都管不住孙女，我又怎么能阻止住她呢？再说，参加革命又不是什么坏事，她去贯家堡参加训练班，又不是一个人去，您老何必太操心呢？"金香妈这几句不软不硬的话，着实让胡兰奶奶有点招架不住了。好在她从金香妈嘴里知道胡兰去了贯家堡，便不再说什么，悻悻地走了。一回到家，胡兰奶奶便把拐杖一扔，立逼胡兰爹马上送她到贯家堡亲自把胡兰领回来。胡兰妈左劝右劝，她才答应明天早晨再去。

胡兰十岁那年参加抗日儿童团，图为与同伴站岗放哨。

第二天一大早，胡兰奶奶便在胡兰爹的陪同下来到贯家堡，一见到妇女训练部的吕梅部长，便一把鼻涕一把泪地央求吕梅放胡兰回家。吕梅被纠缠得有点哭笑不得，一问站在一旁的胡兰爹才知道原来胡兰是瞒着家人来参加训练班的，心里不由得笑道："这个有心计的精明姑娘！"她被胡兰奶奶磨得没办法，便答应把胡兰叫出来。此时，机灵的胡兰早已知道了奶奶来找她的消息，便悄悄地躲起来了。她心里清楚，脾气倔强的奶奶一旦发现她，一定会把她拉回家。于是，便在北屋里偷偷地听这边奶奶的动静。吕梅转回头问门边的金香："胡兰去哪里了？"金香一边大声说："不知道！"一边抿着嘴笑了，神秘地向北屋指了指。吕梅明白了，便来到北屋。胡兰一见吕梅，脸不由得红了。吕梅问胡兰："你是偷着跑出来的吗？"胡兰局促不安地点了点头。"参加训练班是件好事，但家里人不知道多牵挂啊！"吕梅半是表扬半是批评地说。胡兰摆弄着衣襟，委屈地说："奶奶太疼我，她一旦知道肯定不会放我走。"吕梅沉思了片刻，说："你奶奶现在找来了。你看怎么办？"说着，她用征求的目光看

刘胡兰（雕塑）作者·王洪亮

着胡兰。胡兰一看吕梅让自己拿主意，眼睛不由一亮，胸有成竹地说："别看奶奶闹得厉害，其实她心里最疼我了。如果找不到我，她也就没办法了。"吕梅怜爱地拍了拍胡兰的肩膀，"事情倒真是这样。不过这可难为你奶奶了，万一她老人家一时想不开急出病来怎么办?"听到这话，胡兰的心里不由地也着急起来。是啊！奶奶年岁大，万一着急上火真的闹出点毛病，这可怎么是好！想到这里，胡兰的眼泪都快出来了。过了一会儿，她忽然又坚定地对吕梅说："奶奶闹一会儿也许就会停了。参加学习对我来说是个很难得的机会。只有多学些东西，才能在今后多为革命做些工作。吕梅姐，你见多识广，帮我去劝劝奶奶吧！"

吕梅看着这位可爱的小姑娘，不禁有些感动了。她安慰胡兰别着急，便转身出去了。胡兰不放心地隔着墙壁听着西屋的动静。忽然，奶奶的哭声大了起来，胡兰的心不由得抽紧了。过了一会儿，哭声渐渐变弱了，房里传来说话声。胡兰猜想一定是吕梅在劝说奶奶，心里才安稳起来。又过了一会儿，金香兴冲冲地跑过来告诉胡兰："你奶奶同意了！她已经和你爹往回走了。"胡兰高兴得眼泪都快出来了，蓦地，她像想起什么似的，匆匆跑出屋去。她远远地看见，爹爹吃力地用小车推着奶奶向西走去。她悄悄地尾随在后面，一直送到村外。站在护村堰上，望着爹爹和奶奶逐渐远去的背影，胡兰轻轻地用手拂了拂被风吹乱的头发，心里不住地念叨："奶奶啊，您可要放宽心啊！胡兰从小长这么大，插针引线、纺花织布都是您手把手教出来的。虽然我惹您生气，可真是迫不得已，

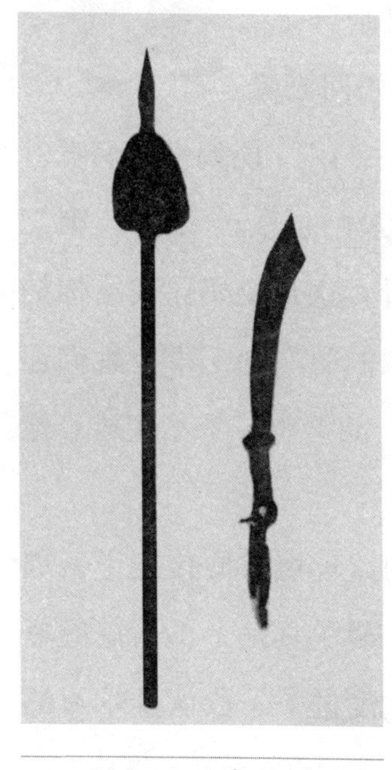

刘胡兰站岗放哨时用过的大刀、红缨枪。

您老可千万别气出毛病来啊！”想着想着，胡兰禁不住坐在堤堰上出起神了。不知什么时候，她隐约听见金香在叫她，这才起身回去了。

隔了两天，妹妹爱兰来了。一见面胡兰便急着问妹妹：“奶奶在家里怎么样了？”爱兰看着姐姐一副焦急的样子，故意说：“奶奶回到家里可是唠唠叨叨整整一个晚上……”“奶奶没生病吧？”胡兰一把抓住妹妹的手，打断她的话。“没有。第二天，奶奶便雨过天晴了。你看，这是奶奶让我给你捎的棉裤和被子，妈妈让我捎来的肥皂和毛巾。她们还让我告诉你不要惦念家里呢！”胡兰听了禁不住放心地笑了。

没多久，胡兰和她奶奶的这场风波便传遍了云周西村，村里人都不由地称赞：胡兰真是个不简单的好姑娘。胡兰呢，她则在贯家堡度过了一段认真学习的好时光。

在斗争中锻炼成长的刘胡兰

1942年，刘胡兰当上了儿童团长，经常和小伙伴们站岗、放哨，掩护抗日干部。

一天，晋绥专署抗联的米主任，正在云周西村召开干部会，刘胡兰发现日军偷袭，马上报告米主任，使他们安全转移。

1942年中共文水县敌后工作委员会成立了。一天，工委李书记来到云周西村，传达党的指示，刘胡兰听了十分高兴，积极为落实党的政策出力办事，她常随武工队员到敌人据点散发传单、贴标语，对敌人展开政治攻势。就在这时，中共文水县委委员张振晋同志隐蔽在云周西村，秘密领导这一带的抗日工作。刘胡兰经常受到他们的帮助和教育。

在艰苦的斗争中，许多优秀党员和革命战士为革命献出了自己的生命，他们英勇不屈、视死如归的英雄事迹使刘胡兰深受教育，特别是15岁的通讯员王士信、武占魁为掩护区长脱

险，壮烈牺牲的情景，更使她永生难忘。

党的教育，先烈的影响，使刘胡兰更加无畏地在斗争中锻炼成长。这年夏天，刘胡兰和敌工站的刘站长，趁敌人据点唱戏的机会，侦察敌情，顺利完成任务。

妇训班中爱学习的胡兰

在训练班里，刘胡兰感到自己的文化低，所以特别用功学。上课时，不但全神贯注地听，还一笔一笔地记；遇有不会写的字，就在书本上画个符号，下课以后再去问别人。平常，一有空儿，就拿着铅笔，在一个当作笔记本的旧账本上整理笔记。她的本子里面写满了革命词句和一些人名、地名。

刘胡兰刚到训练班时，发言很少。同学们问她："胡兰子！咋不发言呀！"

吕梅也说："能说几句就说几句，慢慢就会说啦！"

刘胡兰也觉得，到训练班不发言，怎能学习好！第

二天小组讨论时，她就结结巴巴地说开了："日本鬼子来了，勾子军跑了，我看，打垮鬼子的，就是八路军。"

大伙儿说："胡兰子说得对，日本鬼子都是咱们八路军打败的。"经过这样几次，刘胡兰锻炼得敢于在讨论会上发言和提问题了。

一次，有个学员提出："地主的地是拿钱买的，为啥说是剥削的？"

刘胡兰用学来的道理，给她解释道："地主买地的钱，从哪儿来的，还不是剥削来的！不劳动，钱还能白流到他家吗？就拿我村石廷璞来说，他的地雇长工种，自家儿脚不到地，手不沾锄，整天东遛西窜，穿的是绸缎，吃的是白面，还欺侮咱穷人。"

大伙儿听了都说："胡兰子说得对。"

训练班的生活是艰苦的，每次吃饭时个别同学皱着眉头嫌生活不好，可是刘胡兰并不是这样。一天下午，刚上罢课，有个同学对金香说：“哼！这是做啥哩？来的时候蛮以为训练班比家里生活好，谁知道是这个样，我看咱们回去吧。”

武金香正想说什么，这时刘胡兰走了过来，对她俩说：“八路军在前线打仗，流血牺牲也不叫苦，咱们来了总共没几天，就怕吃苦想回去，怕苦就别来革命！学习还怕苦，往后做工作咋办？”胡兰的话帮助同学提高了认识。

一天，同学们刚吃罢晚饭，区里的通讯员给吕梅送来一个紧急通知。说阎锡山匪军今夜要来我区进行“扫荡”，希望作好准备，迅速转移。吕梅看完通知马上就召集同学们开会，布置转移任务。有一个同学问刘胡兰：“敌人要来了，咱们怎么办呀？”

刘胡兰说：“敌人来了咱们就走，敌人走了，咱们再回来！”

转移工作准备停当后，

胡兰进行深入细致的发动群众工作

天已黑了，吕梅领着大家向区上指定的地点出发。刘胡兰推着吕梅的自行车，自行车上放着行李，还有训练班的文件包，夹在队伍中间，当晚就撤到南安村。

根据县委指示，训练班的最后一个阶段是实习，通过参加贯家堡反奸反霸的群众运动，对学员进行实际教育和考验。训练班的同学们，都深入到贫雇农民家中，进行思想发动工作。在实际工作中，刘胡兰表现很突出。房东祥元嫂是贫农成分，在旧社会吃尽了苦头，但她还不敢起来斗争。刘胡兰就鼓励她说："那些吸血鬼们，吃我们的肉，喝我们的血，吃了就叫他吐出来，不要怕他们！"经过苦心帮助，祥元嫂懂得了不少革命道理，胆子也壮起来了，她在群众大会上，控诉了地主的罪恶。由于刘胡兰工作深入细致，成绩突出，领导为此还表扬了刘胡兰。

胡兰心中的榜样

有一位年轻的共产党员，在刘胡兰心中成了她一生学习的榜样，对刘胡兰走上革命的道路，为共产主义事业献身，起了直接作用。这位共产党员就是19岁的县长顾永田。

1937年发生了卢沟桥事变，日本帝国主义向我国发动了侵略战争。1938年2月，日本侵略者占领了文水县城，老百姓无不愤恨，日夜盼望着当年的红军打回来抗日。

这一天，文水城里的几十个日本鬼子杀气腾腾地出了城，朝云周西村开过来。鬼子刚走到大象镇，突然从公路附近的庄稼地里，闪出一个高大英勇的八路军年轻指挥员。只见他那手枪柄上的红绸一闪，早已埋伏在公路两旁的八路军

鬼子进村

战士就像猛虎一样扑向敌人。顷刻间枪炮声、杀敌声震天响。经过一场激烈的战斗，敌人被消灭了。“八路军打胜仗了！八路军打胜仗了！”胜利的消息传到云周西村，人们奔走相告。胡兰子问他爸爸：“八路军是什么?”“听说就是当年的红军!”刘胡兰高兴得拍手说：“好哇！红军来了!”听人说，指挥打这一仗的人名叫顾永田，才19岁。刘胡兰心里挺奇怪，19岁才多大啊，有这样大的本事！云周西村的群众非常感激八路军，感谢共产党，都想见一见顾永田，大伙说：“要不是顾永田带领八路军消灭了鬼子，咱村可就遭大难了。”

1938年6月的一天，顾永田真的来到了云周西村。前不久，文水县成立了抗日民主政府，顾永田当了县长。

刘胡兰多想看一看这位19岁的八路军县长啊！

顾永田在云周西村召开了群众大会，刘胡兰在人群中挤啊挤啊，终于从人缝中看到这位年轻的县长。

他身穿灰军装，腰扎宽皮带，腰里别着一支手枪，特别使刘胡兰注意的是顾县长那支手枪柄上那块红绸子，一飘一扬，好像一团火苗。刘胡兰听着听着，忽然觉得这个人很面熟。原来，上午她路过观音庙时，正碰上村长徐照德和农会秘书石进芳陪着几个人从庙里出来，其中就有这个年轻人。他们边走边谈，刘胡兰没太听清楚他们说些什么，只听那个年轻的八路军说："我没什么，只不过是人民的勤务员。"第二天，刘胡兰刚出大门就碰上了秘书石进芳，刘胡兰问道："进芳叔，顾县长怎么又当勤务员了？"石进芳听了，想了想笑着说："那是打个比方。顾县长的意思是革命干部不能像旧社会当官的那样，骑在人民头上作威作福。革命干部应当勤勤恳恳为老百姓办事，要像勤务员那样，听懂了吗？"刘胡兰听了，才明白什么是人民的勤务员，她想："我长大了也要像顾县长那样，当人民的勤务员。"

一个年轻的共产党员顾永田成了刘胡兰向往和学习的榜样。可是，这样一个受人敬佩、英勇无畏的共产党员却在一次战斗中牺牲了。

1940年春节，家家户户都贴上春联，胡兰子和妹妹爱兰子穿上花棉袄。大年三十夜，人们都在高高兴兴包饺子过年的时候，日本鬼子出来扫荡了。

顾永田果断地指挥队伍阻击敌人，掩护村里群众转移。战斗非常激烈，整整打了一天一夜，打死伪警备队和日本鬼子三十多人，群众已安全转移，战士们都恳切地劝县长赶快撤下去，但是，他命令战士们说："立即转移，我来掩护！"战士们安全转移了，顾永田和留下来打掩护的同志还在坚持战斗，顾永田已经身负重伤。敌人冲上来了，他把一颗颗仇恨的子弹射向敌人，忽然，他那枪柄上的红绸当空一闪，随着就沉重地落了下来，顾永田为革命胜利、为战友和人民的安全献出了自己年轻的生命。

云周西村的群众为顾县长的英勇牺牲而沉浸在悲痛之中，刘胡兰更是哭得伤心，顾县长那年轻的面容，那洪亮的声音，"我只不过是人民的勤务员……"，在刘胡兰心里无法磨灭，她恨死日本鬼子和汉奸了，找到村里的干部，对他们说："一定要为顾县长报仇！"

刘胡兰家乡的发展变迁

为了纪念刘胡兰，1972年，当地政府把云周西村改为刘胡兰村，后把所在的大象乡改为刘胡兰镇，村小学也更名为刘胡兰小学。

刘胡兰纪念馆向北不远便是刘胡兰村，门口挂着“胡兰之家”匾额的这座农家四合院，就是刘胡兰故居——刘胡兰就是从这里走上了革命的道路。现在，刘胡兰故居已被列为重点文物保护单位。如今的刘胡兰村已发展成为一个繁华的小集镇，这里楼房林立，村容整洁，群众过着祥和富裕的生活。

刘胡兰村有2300多口人，现在村里有资产千万元以上的企业5家，其他的企业有十几家。年人均收入4500多元，是省里的文明村。提起有人丑化刘胡兰形象的话题时，村上的很多群众都很气愤。他们认为，英雄人物身上凝聚着人类最宝贵的精神，这些精神滋养了一代又一代人，帮助人们渡过了一个又一个难关。一旦

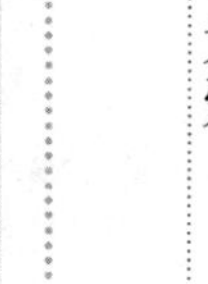

拓展阅读 TUOZHAN YUEDU

他们被冷落、亵渎或涂黑，人们就将失去继续前行的指针、衡量是非的标准。

纪念馆负责人表示："刘胡兰精神在不同的时代有不同的表现形式，在战争年代讲的是流血牺牲，现在是和平年代，刘胡兰精神有新的表现形式，那就是见义勇为、助人为乐、无私奉献等高尚品质。"

如今，让村民骄傲的是村里的"刘胡兰女民兵班"。1964年12月，山西省军区命名成立"刘胡兰女民兵班"，刘胡兰的妹妹刘芳兰是第一任班长。40多年来，"刘胡兰女民兵班"共为世界110多个国家和地区的友人进行军事表演，51次受到国家、省、市的表彰，培养出了26名军官、19名大学生和45名共产党员。

现在，胡兰班的民兵们开有饭店，办有工厂，已成为该村在新农村建设中的带头人。在新的形势下，如何弘扬刘胡兰精神？"刘胡兰女民兵班"现任班长和红霞说，只有与时俱进，才能让刘胡兰精神薪火相传，生生不息。

一双坏军鞋

刘胡兰从贯家堡学习回来，全村妇女就把她选为正式的村妇联秘书。在自卫战争期间，无论军队还是地方都是忙得团团转。胡兰作为妇女干部，更是整日里忙得不可开交。区上分下来的任务一个接一个，胡兰一点也不怠慢，总是尽力把它们完成好。这一天，区上又下来紧急任务，要求胡兰她们尽快赶做200双军鞋。

为把任务完成好，胡兰专门召开了一次妇女座谈会。她讲了讲现在的斗争形势，说："日本投降后，国民党和阎锡山要抢夺胜利果实，积极进攻解放区。为挫败敌人阴谋，共产党一方面力主和平，另一方面又必须积极准备自卫。"胡兰讲得很激动，看见大家听得很认真，便把话题自然地转移到做军鞋上，并给大家讲了一个自己从报上看到的故事。"我们的一个战士有一次在战斗中和敌人拼刺刀，一脚踩在了高粱茬子上，由于鞋子比较薄，茬子捅破鞋底，扎到脚心，结果那个战士被敌人刺死了。"听了这个故事，妇女们都很气愤，纷纷表示我们决不能做那样的军鞋，并保证把军鞋做得合乎标准。看见大家热情很高，胡兰便和大家商量一个军鞋的具体标准，最后确定，每双鞋要达到一斤重，底子要一指厚，一只底子至少要纳五百个针码，并说明每双鞋都要检查，检查合格才能打收条。布置完任务，胡兰便和大家一起行动起来。

这几天，真是把胡兰忙坏了，一面要验收做好的鞋子，一面又要督促还没做好的赶快做。看到大家做的鞋不仅样式好看，还结实耐用，胡兰感到很满意。但没想到，最后一天却出了问题。

那天胡兰正和金香她们忙着把军鞋摆放整齐，这时，二寡妇走进来了。村里人都知道，二寡妇平日里妖里妖气，擦脂抹粉。见她过来，大家都没人理睬她。

红军（民族）草鞋是我们的祖先和革命先辈留给我们的宝贵物质财富和精神财富

二寡妇见没人注意她，便大声说道：“大家都挺积极呀！胡兰子也歇一歇吧，我们做的鞋可是个个过得硬，用不着费力检查，收下就是了。”说了半天，没人管理她，二寡妇瞅了瞅胡兰，只见胡兰正忙得连头也顾不上抬。她心里暗喜，赶快三步并作两步来到尚未验收的鞋堆旁，把自己做的鞋往里面一塞，便转身离开了，她暗自高兴没人发现，边走边说：“我做的鞋可是交上去了，胡兰子，赶快给我开了收条，我家里还有事呢?”胡兰一听这话，便说：“二婶子，等一会吧，我们验收完合格后便给您开收条，您先坐下歇一会。”二寡妇见无法走脱，便又催促道：“都是村里乡亲邻居，谁还真能做双假军鞋？你们先给我开个收条吧，这几天检查来检查去你们还不是白费一番力气，一双不合格的都没检查出来?!”胡兰见二寡妇唠叨个没完，便说：“不怕一万，就怕万一。万一真有不合格的，不仅给咱村妇救会丢脸，还对咱们战士不负责任，这个道理你想过没有?”二寡妇见这个小姑娘竟敢跟自己讲起大道理来，便挖苦地说：“哟，胡兰子，不是二婶说你，你一个小孩子做个干部便不把二婶放在眼里了，未免也太瞧不起二婶了。”胡兰正想反驳，忽听金香惊叫到：“这是谁做的军鞋?”二寡妇抬头瞅了一眼，见金香拿的正是自己的那双，不由心里一惊，低下头装

作没看见。大家一见查出来一双不合格的军鞋，便都围上来议论纷纷，都说这双鞋不是自己做的。只有二寡妇心虚得在一边沉默不语。胡兰一看这情形，心中便明白了。她转身问到："二婶，这双鞋是不是你做的?"这时大家的目光都一起转向二寡妇。二寡妇见无法蒙混过去，只好承认是她做的。胡兰禁不住生了气，开会时已经讲好了做鞋的标准，二寡妇是明知故犯，故意偷懒，这怎么行呢?想到这里，她做出一副公事公办的样子："二婶，你这鞋不合格，我们不能收。"

"不收?为什么别人的能收我的就不能收?"二寡妇说这话显地有点心虚，她随即又诉起苦来。"这双鞋可是我千针万线熬了好几天好几夜才完成的。大家看看，这鞋的样式是多么好！怎么可能不合格？大家评评理看。”她索性撒起泼来。大家看二寡妇不讲道理，都交头接耳地议论起来。正在这时，农会秘书石五则走了过来，问发生了什么事。二寡妇一见石五则，好像找到救星一样，她走到石五则面前忙说：“胡兰说我做的鞋不合格。你是大干部，来评评理。”胡兰见二寡妇恶人先告状，便拿着那双鞋给石五则看。石五则接过鞋，看了看，又递给胡兰，说：“这鞋不算太好，可也不算太差。样式还可以，你就收下吧。”胡兰没想到石五则作为一个干部竟这样偏袒二寡妇，不由地心中来了气。这时，大家的眼光也纷纷投向胡兰，看胡兰怎么办。胡兰心里也清楚石五则和二寡妇有关系，但她还是压了压火气，平静地说：“五则叔，这鞋不合格，按规定

我们不能收。”二寡妇见胡兰不吃这一套，便嘲讽地对石五则说：“没想到你这个大干部还管不住一个小干部。”石五则的脸禁不住红了，他加重语气命令似地对胡兰说：“我说收下就收下！”胡兰见石五则竟如此公开不讲原则，便坚持不收，她要求把这双坏军鞋剁开给大家看看。石五则怕一旦剁开自己真的下不了台，便以威胁的口气说：“鞋弄坏了谁负责？”“我负责！”胡兰理直气壮地说。有人找来一把菜刀递给胡兰，胡兰几下子便把鞋剁开了。只见鞋底里垫的是几层草纸。人群里有人气得低声骂起来，胡兰一语不发郑重地盯着石五则，石五则脸色铁青，直喘粗气，而此时二寡妇早已悄悄地躲在一边去了。“岂有此理！”石五则扔下这句硬梆梆的话，转身走了。“怎么能这么说胡兰呢？明明是他们不讲道理呢？”金香气愤地打抱不平。“是啊，公是公，私是私，不能以私心对待公事嘛！”人群有人附合说。“让二寡妇认错，否则不能轻易放过她。”有人忽然提议道。“对，二寡妇哪里去了？”原来，二寡妇一看情势不妙，连替她撑腰的石五则也走了，她知道再继续留在这儿非犯众怒不可，所以不知什么时候，她也灰溜溜地走了。“这事我们过后再研究，我们先把鞋子都整理好再说。”胡兰安慰一下大家，便又和金香她们一起忙起来。

忙完回家的时候，胡兰坐在屋里生闷气。其实她心里也还没想通呢？石五则是自己的上级领导，又是个长辈，按理说，他应当是坚持原则的。胡兰想了想，觉得自己并没有做错什么，唯一不安的是她顶撞了石五则，而且是当着那么多人的面。胡兰左思右想，脑子里越来越乱，连妹妹叫她吃饭她都没听见，过了半天，她才不耐烦地挥手让爱兰走开。这时，一向很少干涉胡兰活动的爷爷走过来，对胡兰说：“你一个小姑娘，在外面充什么好汉?！俗话说，胳膊拗不过大腿，石五则是二寡妇的后台，他俩有关系，你闹得过人家吗?”胡兰委屈地一声不吭。见胡兰不说话，一旁的大伯也过来劝胡兰道：“你做得大体上没有什么错。但是，虽说公事应公办，可私情也是难免的。有些事基本上差不多就可以了，何必事事顶真呢？只要我们自己做得正就行了。乡里乡亲，有时睁一只眼，闭一只眼，小事上也就过去了。”胡兰觉得大伯这话既对，但好像又有点不对。她心想如果大家都这么做，公事不就都砸了吗？可是她又觉得无法说服大伯，对于究竟怎么处理二寡妇，她心里也是没有确定的主意。她觉得这件事牵扯着一连串问题，应当向上级请示一下。想到这里，她站起来，默默地吃饭去了。

妇训班学习后的刘胡兰，学习道理四处传。

吃过饭，胡兰来到区委组织干部世芳叔家。碰巧世芳叔从区上开会刚回来，正和许多同志商量问题呢！一见胡兰来了，他忙笑着招呼胡兰坐下。胡兰一看那么多干部都在这儿，好半天才鼓起勇气把坏军鞋的事原原本本地讲了一遍，并把自己的一些想法都一五一十地说了。说完，她用征求的目光看着石世芳。听胡兰说完坏军鞋的经过，石世芳禁不住从心里赞叹起这个小姑娘来。其他干部也都赞扬地点了点头。看见大家都笑着看着自己，胡兰有点不好意思了。石世芳鼓励她说："应当公事公办，你坚持原则，做得对。胡兰

子，别看你年龄小，还真有些共产党员的作风呢！以后放心大胆干，积极进步，争取多做革命工作，组织上会支持你的！”听到这里，胡兰当初不安的心情已消失得无影无踪了，觉得心里很激动，全身充满了力量，她暗暗下决心，一定要早日争取成为一名真正的共产党员。

第二天，胡兰召集妇联委员和妇女积极分子决定召开全村妇女大会，把二寡妇的鞋带到会场给大家看以教育更多的人。在事实面前，二寡妇不得不低头认错，最后答应另做几双合乎标准的鞋，这事才算基本结束了。

通过这事，胡兰得到了锻炼，以后进步得更快了。

在第一次党员会议上

1946年初夏，区上调刘胡兰到区妇联去当干事。胡兰觉得这是个学习的好机会，处处留心向干部们学习，工作积极负责，进步很快。在大象村土改试点后期，她鼓起勇气向石世芳和吕梅提出了入党的要求并填写了入党申请书。此后，胡兰对自己要求更严格了。

有天下午，石世芳告诉胡兰："党组织已开会讨论了你的入党申请。鉴于你不够年龄，党组织考虑批准你做'候补党员'。"胡兰久已盼望的愿望终于实现了，她不由得十分激动，两眼都有点湿润了。

她跟着石世芳向西南方肃立，面向延安，庄严宣誓：“我志愿参加中国共产党，为无产阶级革命事业奋斗终身！我坚决遵守党的纪律，保守党的秘密。努力学习，努力工作，争取做一个真正的共产党员！”宣完誓，石世芳握着胡兰的手说，“胡兰子，祝贺你，你现在已经是一名共产主义战士了！”胡兰激动得热泪盈眶，一句话也说不出来，只是用力地握着石世芳的手。

一天，吃过饭，胡兰去参加党员干部会议。这是她第一次参加这样的会议，因此心里感到十分兴奋。当胡兰来到工作组驻地时，发现许多干部早已经来到了，都在三三两两地闲谈着。胡兰和他们打声招呼便找一处不显眼的地方坐下了。

她一转身，发现石五则正坐在她的身后，刚才竟没有发现，她尽管心里感到别扭，仍然冲石五则点了点头，算是和他打个招呼，石五则见到胡兰，不自在地尴尬地咳嗽了几声。过了一会儿，党员干部们陆陆续续都来到了。见大家都到齐了，石世芳便宣布开会。他首先讲了讲现在土改的形势，然后直入正题，要求大家讨论一下云周西村土改斗争的对象。听到这话，干部们禁不住热情高涨起来。有人站起来提议："石廷璞、石廷玉是我们村的大地主。他们祖祖辈辈骑在穷人头上作威作福，大门不出，二门不进，手不沾锄，肩不挑担，吃的却是猪肉白面，穿的是绫罗绸缎。"这时，又有人站起来补充道："他们不但霸占着地，还霸占着水，另外还放高利贷，剥削长工。像刘马儿给石廷璞干了许多活，到头来，一年却只给7斤豆子。这样的地主是该斗争斗争了。"这两人的话引起了众人的赞同，大家异口同声要求把石廷璞、石廷玉列为重点斗争对象。

坐在角落的胡兰没有吱声，第一次参加党员会议，看到那么多的党员干部，她多少感到有点紧张，但她一直在认真听着大家的发言，看到大家把石廷璞、石廷玉作为斗争对象，她不由得下意识地点了点头。是啊，这两个狗地主这些年来真把老百姓们害苦了！

正在这时，忽听到有人说："应当斗争段占喜！"

大家听到有不同意见，都静下来，循着声音看去，原来是石五则。胡兰没有回头，她早已听清是石五则的声音。

石世芳见此情景，摆了摆手，示意石五则站起来，把自己的理由说一下。

石五则慢腾腾地站起来，假装清了清嗓子，然后慢条斯理地说："石廷璞、石廷玉虽然是大地主，但是他们也只是个花架子。地种的多，开支自然也大，另外，他们以前承担的抗日负担也不少，也算是有点功劳吧。依我看，段占喜要粮有粮，要钱有钱，和村里人总是合不来，民愤很大，应当重点杀一杀他的威风。"说完，他向周围看了一看，见没有人说话，就掏出旱烟点着，得意地"滋滋"吸起来。

石世芳见一时没人说话，便引导说："共产党员要讲究民主。谁有不同意见都可以说嘛！"说完，他用期待的目光看着大家。

其实，听完石五则这番话，大家都明白石五则是公泄私愤，闭着眼睛乱说一气，但大家又猜不出石五则葫芦里究竟卖的是什么药，说这番话背景和用意究竟何在，一时间都在思索。

坐在石五则前面的胡兰听到石五则又公开袒护大地主石廷璞、石廷玉，早已坐不住了。前几天她在发动群众准备土改时，首先找到了受石廷璞剥削最厉害生活也最困难的刘马儿，她本以为刘马儿受苦最深，要求土改肯定最积极，没想到却碰了个钉子，任凭刘胡兰苦口婆心地劝说，刘马儿却只是唉声叹气。最后他看刘胡兰确实是一副热心肠，便透露出石廷璞曾打发自己给石五则送过礼品，要求石五则替石廷璞在土改中说说情。胡兰听到这里，真是气坏了。石五则不仅袒护二寡妇，而且还收下大地主的礼品要替地主说情，这可不是一般的小错误啊！刘胡兰辞别刘马儿，并叮嘱他不要把这事声张出来。她打算开完党员会私下里把情况向世芳叔反映一下，没想到石五则竟在党员会议上真的站出来替地主说话了。她觉得作为一个党员，她应当理直气壮地把真实情况说出来，以揭露石五则的阴谋。想到这里，胡兰站起身来，对着石世芳说道："世芳叔，我想说几句。"石世芳看着刘胡兰，半是赞许半是鼓励地点点头。

"打蛇要打头。我们土改斗争的对象应当是民愤最大、剥削百姓最残酷的恶霸地主。大家都知道，我们村里最大的地头蛇就是石廷璞。因此，把他列为重点斗争对象是合适的。"说到这里，胡兰环顾了一下四周，见大家都点点头表示赞同，就继续往下说："段占喜虽然生活过得不错，但他既不出租土地，又不雇佣长工，充其量他也只是一个富裕中农。另外，他确实性格比较怪，跟街坊邻居不大能合得来，但并不能因此就说他民愤极大，这是两回事，我觉得五则叔在包庇石廷璞，有意转移斗争目标。"

胡兰严辞批判石五则

石五则刚才看见胡兰要发言，不由得一阵心慌，前段时间因为坏军鞋的事他早已领教了这个年轻的姑娘的厉害。现在，胡兰会不会又拆自己的台呢？想到这里，他耐住性子听胡兰发言。渐渐地，他感到胡兰每一句话都说到要害的地方，句句都针对着自己，最后甚至直接点他的名，说得越来越严重了。他不由得深深地吸了一口气，然后大声质问："胡兰子，小小的年纪你可不要血口喷人。这是党员会议，乱说一气是要负责任的。"他气呼呼地有意加重语气，其中明显带着威胁的口吻。

胡兰转过身来，面对面地对着石五则，目光很锐利，也很威严。她胸有成竹地指出：“我说的话我当然负责。我来问你，6月11日晚上，石廷璞打发刘马儿去给你送礼，要求你为他说情，有这回事没有?”

大家的目光纷纷投向石五则。

石五则感到每一束目光都似一把利剑直刺过来，不禁打了一个冷颤。他没想到，自己的罪证已全被刘胡兰掌握了。一不做二不休，他索性恼羞成怒，指着刘胡兰骂起来：“你这个毛丫头，才吃了几年干饭就敢跟我过不去！你们大家，这是他妈的开会，还是想斗争我?!”说完这话，不由众人分说，他就地跺了一脚，跑出去了，还故意带了一下门，大门发出一声刺耳的声音。

石五则一走，众人都问胡兰，这些事是听谁说的？究竟是不是实情？胡兰便把自己知道这事的经过原原本本地汇报了一遍。

听完胡兰的叙述，大家脸上的表情，有的感到惊奇，有的感到愤怒。

这时，只见吕梅站起来说：“日本投降以后，组织上已经发现石五则生活作风有问题，对他进行了批评

胡兰振臂高呼口号

教育，他也当面承认了错误并表示以后改正。看来，他并没有真的接受批评。”

“你说得对。”石世芳接着说：“石五则的问题现在看来已不是个简单问题。前段时间他就因为一双坏军鞋包庇过二寡妇，胡兰子及时顶住了。这次他又接受贿赂公开袒护大地主，直接影响和破坏土改斗争。我看，问题已经越来越严重了。组织上会认真严肃查处这件事。”他停顿了一下，又说：“不过，值得表扬的是，我们的候补党员刘胡兰同志在是非面前敢于坚持原则，敢于碰硬钉子，这种精神是值得大家学习的。我们广大党员干部都应当像刘胡兰一样敢于理直气壮地同坏人坏事展开斗争。”

石世芳的话刚一说完，大家都纷纷鼓起掌来。刘胡兰激动得脸都红了。

几天之后，区委已经查清了石五则一贯丧失党性立场，不配当一个共产党员，决定开除他的党籍，并同时撤销了他的农会秘书的职务。

云周西村的土改斗争开始轰轰烈烈地开展起来。

争阅土地改革法（木刻版画）

拓展阅读 TUOZHAN YUEDU

刘胡兰纪念馆

刘胡兰纪念馆坐落在山西省文水县刘胡兰村南。1947年1月12日，国民党山西军阀阎锡山所部发动袭击，刘胡兰被捕。敌军在威逼利诱均告失败后，把刘胡兰和其他同时被捕的6位农民——推向铡刀，就义时刘胡兰年仅15岁。毛泽东当年为其题词："生的伟大，死的光荣。"

刘胡兰纪念馆始建于1956年，现有总建筑面积6万多平方米，由广场、纪念碑、刘胡兰生平事迹陈列室、影视室、书画室、七烈士纪念厅和群雕、陵墓、刘胡兰雕像、碑亭、烈士被捕受审就义原址组成，以纪念碑和陵墓为中轴作对称分布，藏有烈士遗物74件。陈列室内有党和国家领导人朱德、邓小平、江泽民和董必武、乌兰夫、郭沫若、谢觉哉的题词。

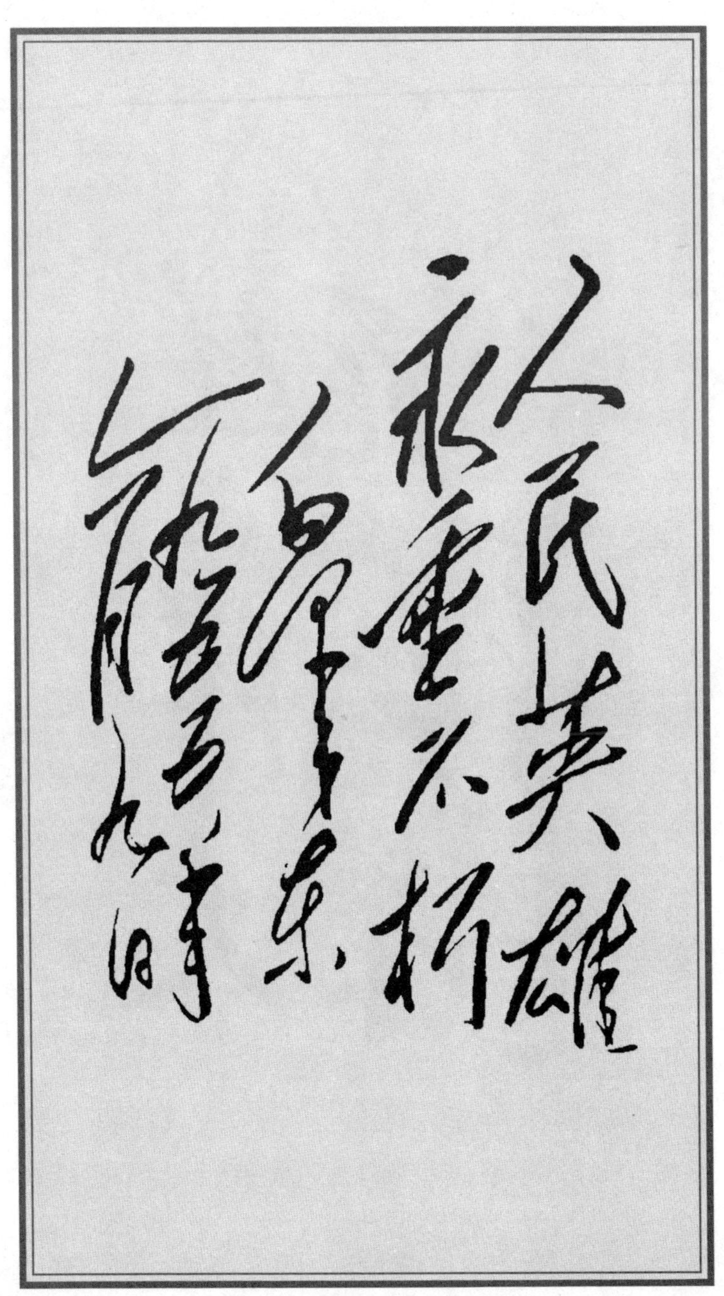
人民英雄永垂不朽
毛泽东

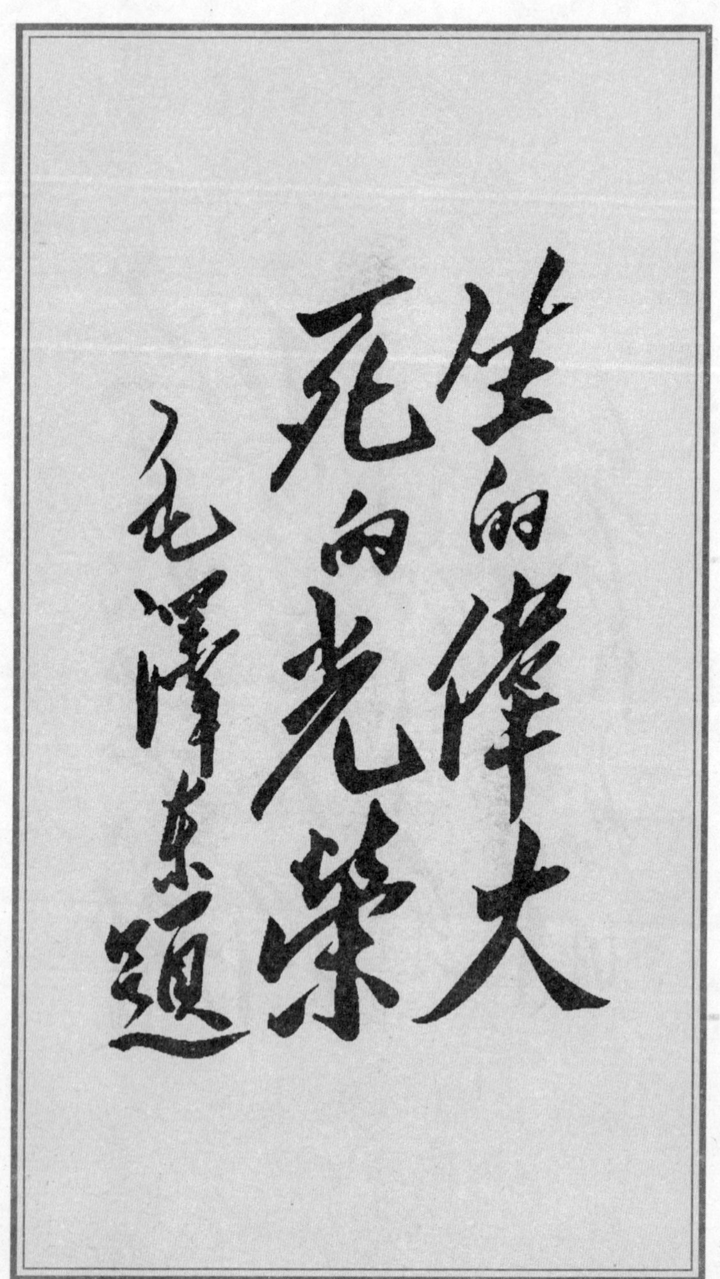
生的伟大
死的光荣
毛泽东题

留在最艰险的地方

1946年6月，国民党挑起了全国内战，斗争形势越来越紧张。9月间，阎锡山调集重兵侵占了文水县。八路军不和装备优势的国民党军队硬拼，决定留少数干部在当地工作，其他的转移到山区去，准备以后的斗争。

党组织考虑到胡兰子年纪小，决定她也转移到山区去。但是胡兰子想，自己是个共产党员，越是艰险，自己越应该多出力，所以向县委书记表示："我在这里人熟地熟，便于工作，应该留下来。"

县委书记解释道："胡兰子，留下来工作，困难很

胡兰主动要求留下坚持斗争

多，还很危险。你是这一带有名的妇女干部，影响很大，所以组织上决定你转移到山区去。”

“可是这里还有许多工作没有做。”胡兰子还是坚持要求道。“我能够战胜一切困难，不怕流血牺牲。”

县委书记见她如此坚决，只得答应了。但他还是再三叮嘱道：“你留在村里，要时刻准备应付恶劣的情况。假如被敌人抓住，决不能出卖同志，暴露组织啊！”

“请党相信我！”胡兰子点着头，坚定地回答说。

“党相信你是能够坚持的！”县委书记信任地说。

刘胡兰留下后，马上投入斗争。她经常为党组织传递和隐藏文件，并将敌人的情况向党组织报告；还配合武工队，处决了罪恶很大的伪村长石狗子。

英勇就义

1946年秋天，国民党军队大举进攻陕甘宁边区，驻文水一带的八路军调往晋西作战，阎锡山趁机扫荡晋中平川，形势恶化。为了保存革命力量，减少不必要的牺牲，中共文水县委根据上级指示，决定留少数干部组织“武工队”，坚持敌后斗争，大批干部转移上山，刘胡兰也接到上山的通知。但经过锻炼逐渐成熟起来的刘胡兰，想到自己年龄小易于隐蔽，敌后工作更需要她，请求留下来坚持斗争，上级批准了她的请求。在艰苦的环境里，她深入敌区，收集情报，发动群众，开展斗争。经常出入“青纱帐”，隐匿“古墓穴”；配合“武工队”打击敌人，协助“武工队”镇压了云周西村罪大恶极的反动村长石佩怀。

石佩怀被镇压后，阎军七十二师师长艾子谦亲率驻大象镇二一五团一营二连及该镇的地主武装“奋斗复仇自卫队”，于1947年1月8日突袭了云周西村，抓走了我地下交通员石三槐、民兵石六儿等及村农会原秘书石五则。在敌人的严刑拷打中，石三槐、石六儿坚贞不屈，毫不动摇；石五则却屈膝叛变投敌，供出了云周西村的革命干部和党组织。

为集中优势打歼灭敌，主力部队决定暂时转移。

形势一天比一天严峻，1月11日晚，文水县第五区陈区长向刘胡兰传达了让她立即上山的紧急决定。

1947年1月12日，这是云周西村人民难忘的一天。

这天早上，胡兰正忙着收拾衣服，准备上山。这时，只听得门被敲得咚咚响。她心里一惊，打开门一看，原来是刘马儿大爷。一进门，刘马儿便气喘吁吁地说："胡兰子，不好了，阎匪兵来到了。"刘胡兰见刘马儿神色慌张，满头是汗，便让他进屋说说详情，"我刚才在村外看见阎匪兵已经把村子都包围了。胡兰子，赶快躲躲吧！"刘马儿不由分说，扔下几句话便急匆匆地走开了。

胡兰的爷爷和爹爹、大伯都围了过来，连声劝胡兰赶快出走。爱兰也着急地扯住姐姐的衣襟，眼泪都快流出来了。妈妈也惊呆了。大家一时都不知怎么是好。

“去村外已经来不及了。在自己家显然不行。去哪儿合适呢?”胡兰忽然想起去双牛大娘家也许安全些。

没等她出门，街上的锣声响了。

紧接着是一阵声嘶力竭地叫喊：“全村民众，大家听清楚了。男女老少，不分长幼，一律去观音庙开会。谁敢不去，以私通共匪论处。”然后又是一阵紧密的锣声。

全家的心揪紧了，都以紧张的目光看着胡兰。

妈妈忽然想到金忠嫂家。金忠嫂刚刚生过小孩，万一敌人查问，就说是侍候坐月子的，也许能够蒙混过去。于是她赶快说：“胡兰子，快去金忠嫂家。”

胡兰已经没有时间再考虑了，听了妈妈的话，她飞快地跑出家门。她看到远处的街上已经布满了三三两两的阎匪兵，便三步两步来到南场，翻过墙的豁口来到金忠嫂家。

金忠嫂家房门紧闭，只是在门环上挂着一块红布条。胡兰轻轻地敲了敲窗棂，悄声说道：“金忠嫂，我是胡兰。我可以进去吗?”只听金忠嫂连声说：“快进

来。”胡兰推门而入，看见有许多妇女正围坐在金忠嫂身旁，原来大家都想到一起了，都不约而同地来到这里避风险。看见胡兰进来了，大家赶快招呼胡兰坐下。但没等胡兰喘口气，外面的锣声便一声紧似一声，脚步声，吼叫声，犬吠声交杂在一起，乱哄哄的。

屋里的妇女都害怕得沉默不语起来，有的胆小的甚至轻声地哭泣起来。见此情形，胡兰安慰大家不要怕。她忽然想起，万一敌人来搜查，一旦自己身份暴露，岂不是连累了金忠嫂和大家吗？想到这里，她对众人说："大家留在这里，我出去看一看。"说完便走了出去。

她刚走出小巷，正想拐向大街，只见路口冲出一伙阎匪兵来。阎匪兵发现了胡兰，不分青红皂白地挥舞着皮带要她和一群男女去开会。胡兰见无法脱身，只好随着嘈杂的人群奔向观音庙会场。

观音庙会场上，笼罩一片肃杀恐怖的气氛。会场

四周，早已站满了持枪的阎匪兵。不远处的护村堰上，还架设着4挺机枪，乌黑的枪口直指向黑压压的人群。广场中央，站立着几个被捕的人，一个个被五花大绑。他们的身后，有几个阎匪兵，端着上了刺刀的步枪，虎视眈眈地监督着。

人群之中，有白发苍苍的老人，也有稚气未脱的孩子。男人们站在一边，女人们站在另一边。大家都惊恐地站着，不知道究竟要发生什么事情。

这时，太阳早已躲进了云层，天阴沉沉的，西北风吹来，不由得感到一阵逼人的寒意。

刘胡兰整理了一下衣服。她向人群中看了看，忽然发现了妈妈和妹妹。她便挤过去，站在了她们身旁。妈妈一见胡兰，差点吓得叫出声来，满脸恐慌。妹妹爱兰一见姐姐，赶快拉住她，好像唯恐她出事似的。

从胡兰的眼神里，妈妈已经猜出了是怎么回事，她没有再说什么，只是紧紧地靠在女儿身边，心跳得十分厉害。

胡兰见妈妈一副担忧的神情，便微笑着朝妈妈点点头，示意妈妈放心。其实，她的心里也是感到一阵紧张。她已经发现广场中间被绑的是石六儿、石三槐等人，他们都是党员或党员的家属。胡兰不由得想到前几天敌人在邻村里接连杀害了好几名党员的悲惨情景。也想起了那些为了革命而牺牲的烈士。顾县长，只有19岁……

胡兰还记得入党那天石世芳对她讲的话，“作为一个共产党员，就应当像顾县长等革命战士一样，时刻记着自己是一名共产党员，是闹革命的。不管遇到什么样的困难，只要记着这一条，我们就会有勇气战胜它！”

想到这里，胡兰不安的心情慢慢消失了，觉得浑身充满了力量。

过了一会儿，她好像记起什么似的，十分镇静地脱下手上的银戒指，又从口袋里掏出来一个万金油盒子和一块手帕。这三件小东西，是胡兰最珍贵的纪念品，她时时刻刻都把它们带在身上。万金油盒是她的入党介绍人石世芳送给她的，特别是世芳叔生病转移上山后，胡兰更觉得这是一个纪念了。手帕是生病的王连长病好后要归队，为感谢胡兰的精心照顾而送给她的。至于银戒指，那是最疼爱她的奶奶临去世前给她带上的，每当想起奶奶，看看奶奶送的戒指，她的心便会得到一些安慰。

胡兰把万金油盒和银戒指用手帕包好，郑重地递给妈妈，妈妈接过来，用不解的神情看着她。胡兰轻轻地点点头，示意妈妈收下。可怜而又慈爱的母亲，她哪里知道，她的女儿已经抱定了拼死的决心，已经做好了充分的准备，以面对凶恶而残忍的敌人。

母亲胡文秀看着女儿这不寻常的举动，难过得说不出话来。刘胡兰没有眼泪，没有悲伤，她把母亲的手拉过来，让她把3件东西握紧……妈妈明白了，她擦干了眼泪，收藏好女儿留给她的3件东西，准备迎接将要发生的一切。

这时，人群中忽然传来哭喊声。原来，两名匪兵正从人群中把胡兰的伙伴金香拖出来，金香的妈妈急得哭起来。

胡兰妈妈的心更加忐忑不安起来。她靠紧胡兰，看见胡兰的脸上是一副十分平静的表情，没有半分惊慌。

忽然，两名阎匪兵在叛徒金川子的带领下分开众

人径直向胡兰走过来。爱兰顿时吓得大哭起来，妈妈赶快挡在了胡兰的前面。

“这就是刘胡兰。”金川子指着胡兰对两名匪兵说道。

两名匪兵拨开胡兰妈妈，就要上来把胡兰拖走。

“别动，我自己会走。”胡兰大声说道。

两名匪兵怔了一怔，跟在胡兰后面朝广场中央走去。

她看见了几名被捕的人。石三槐的头发十分零乱，身上的衣服被抽打得条条缕缕。石六儿也是满脸血污，样子看起来十分吓人。胡兰走过去，朝他们笑了笑，心里想：“他们都是好样的。”

匪兵们把胡兰带到了设在观音庙西厢房的临时审讯室。胡兰毫无畏惧地走进去，看见一个满脸横肉长满胡子的军官模样的人坐在桌子旁。这人就是阎匪军特派员大胡子张金宝。

大胡子一见胡兰稳步走了进来，十分平静地径直站在桌前，脸上没有一丝畏惧的表情，不由得吃了一惊：“你就是刘胡兰吗？”大胡子问道。

刘胡兰看了他一眼，轻蔑地回答：“我就是。”

“你是共产党员吗？”

“是。”

大胡子见此情景，以为胡兰好对付，又紧接着逼问：“你们村里还有谁是共产党员？”

胡兰阔步向前头高昂

胡兰冷笑了一声："不知道！"

"那么，最近哪些八路军到过你们村？"

"不知道！"

听到这里，大胡子有点沉不住气了，脸上的胡子都抖动起来。他猛地拍了一下桌子，吼叫道："你真的是什么都不知道？”

刘胡兰针锋相对地回答：“不知道就是不知道！”

张金宝想发作，突然，贼眼一转，威胁着说：“现在有人供出你是共产党员。”刘胡兰知道自己被坏人出卖，她把头一扬，自豪地说；“我就是共产党员，怎么样？”

“你为啥要参加共产党？”

“因为共产党为穷人办事。”

“以后你还会为共产党办事不？”

“只要我还有一口气，就要为人民干到底。”

张金宝万万没有想到，共产党的一个小女孩，竟如此厉害。见硬的不行，就换软的，他奸笑着哄骗说：“自白就等于自救，只要你自白，我就放你，还给你一份好土地……”

刘胡兰轻蔑地说：“给我一个金人也不自白。”

张金宝恼羞成怒，他收起阴险的笑脸，敲起桌子嚎叫：“你小小年纪，好嘴硬啊，难道你就不怕死吗？”

刘胡兰逼进一步，斩钉截铁地说：“怕死就不当共产党员了！”

张金宝无可奈何，站起来无耻地说：“刘胡兰，只要你当众说句今后不再给共产党办事，我就放了你。”

刘胡兰坚定地说：“那可办不到。”

大胡子本以为这个小姑娘容易对付，没想到她却如此倔强，他顿时感到有点不知所措起来。

他点燃了一根烟，狠命抽上几口，站起身来，在屋里来回踱步。

过了半天，他站到胡兰面前，装出一副和善的面孔，小声劝说道："刘胡兰，你只是一个十来岁的小姑娘，偶尔听信了共产党的欺骗宣传，这不能怪你。只要你向民众自白，说明自己是上当受骗才参加共产党的，我们就既往不咎，放你回去。否则，你也许清楚，共产党员可是要被杀头的。想一想，你年纪轻轻，正是大好年华，如果因为一时想不通便脑袋落地，那可是有点犯不上了。看看外面被绑的几个人，那就是他们的下场。怎么样？你可要三思呀！"大胡子说着说着，不由得忘形起来，他以为自己这番半是同情半是威迫的劝诱一定会使这个小姑娘心动。可是他想错了！

只见胡兰一动不动地站在那里，两眼望着屋顶，好像什么也没听见。

大胡子气坏了，他用两只布满血丝的眼睛恶狠狠地瞪着刘胡兰，恨不得一口把她吃掉。

屋里的气氛十分紧张，好似充足气的气球，一触即炸。

正在这时，匪连长许得胜走了进来，一屁股坐在椅子上，骂骂咧咧地。他看见胡兰一声不吭，知道大胡子的审讯没有结果。他凶狠地说：“推出去，杀了算了。”两名匪兵应声而入，把胡兰用绳子捆绑起来，推出门外。胡兰眼睛里闪着愤怒的光芒，她昂首挺胸大踏步地来到了外面的会场。

刘胡兰被单独押在会场东侧，用冷静的目光扫视着会场。人群黑压压地一大片，她已无法看清楚自己的妈妈和妹妹了。

人群中忽然骚动起来。原来，大家看到匪兵抬着三个铡草刀走过来，放在了西侧的荒草滩上。

大胡子也已经从屋里走了出来，面对骚动的人群，他声嘶力竭地吼道：“大家说，这些人是好人还是坏人?”他用手指了指西侧的石三槐他们，又用手指了指东侧的刘胡兰。

“好人!”会场上响起了雷鸣般的声音。

匪兵们着了慌，立刻把架好的机枪向群众瞄准示威。几个匪兵走近人群，逼迫群众站出来帮他们行凶，可是没有一个人理睬。

这时，敌人预先安排好的几个叛徒走了出来。大家的目光狠狠地扫视在他们身上，恨不得痛打一顿这几个可恶的叛徒。

胡兰发现石五则也在叛徒之中，她的牙关不禁狠

狠地咬了一下。原来，敌人抓到了石五则，在第一次审讯的时候，石五则就先软了一下，把自己前前后后做过的事情都说了，不过刚开始他还没有出卖别的同志。当第三次审讯的时候，在敌人的威逼利诱下，这个败类把他所知道的所有秘密向敌人彻底“自白”了，把刘胡兰和村里其他的那些干部家属们全出卖了。现在，这个叛徒又亲自出来帮敌人行凶了。

“安静，安静，张特派员给大家训话。”许得胜挥舞着手里的鞭子，叫骂着。人群渐渐地安静了，大家都在密切地注视着敌人究竟要采取什么举动。

大胡子站在一只凳子上，干咳了几声，大声说道：“今天，我们在这里召开大会，要求凡是过去给八路军、共产党办过事的人，都能主动‘自白’。只要改恶从善，我们一概既往不咎。对那些死不认错的人，我们今天就是要当着大伙的面给他们一点颜色看看。大家都看到了，这是什么东西？”他用手一指面前的铡刀，铡刀蹲伏在地上，隐隐地闪着寒光。“不‘自白’的人没有好下场。今天他们就要人头落地。这就是替共匪办事的好处。来人哪！”几个叛徒应声走到跟前，“开铡！”大胡子凶相毕露地说。

铡刀撑起来了，血腥的屠杀开始了。

第一个被拉过来的是石三槐。

这个普普通通的老百姓，曾经在抗日战争时期出生入死，立下汗马功劳，此时此刻却已被敌人折磨得满身都是血迹和伤痕。石三槐踉跄着走近铡刀，他的眼里射出了仇恨的光芒。忽然，他转过身去，大声说：“我要在这里说几句。今天我石三槐死了，可是我知道是谁把我们出卖了……”没等他说完，站在他身后的石五则便举起棍棒，照石三槐的头上打了过去。这个可恶的叛徒，他害怕自己的名字被说出来，便先下了毒手。

石三槐倒在了地上。其余的几个叛徒围上来棍棒相加。石三槐昏死过去。

叛徒们把石三槐拖向铡刀。许得胜一声口令。只见手起铡落，一股鲜红的血液喷射而出。

会场上的群众不禁悲愤地失声痛哭起来。

许得胜挥了挥手，石六儿又被拖了过来，被同样杀害了。

当刽子手杀人的时候，大胡子命令几个匪兵走过去把胡兰的头扭了过来，逼她观看铡人的情景。

大胡子心中有着自己的如意算盘。他想，刘胡兰是目前唯一能够抓到的区干部，又是共产党员。她年纪轻轻，看到这杀人的残酷场面，她一定被吓得要求“自白”。这样一来，连共产党的区干部都“自白”了，村里替共产党员办事的人也势必效仿。这样就会形成一种“自白”之风，可以收到事半功倍的效果。

可是，大胡子完全想错了。刘胡兰清楚地看到了石三槐和石六儿被杀的经过，然而她的心里涌起的不是畏惧，而是满腔的愤怒和仇恨。

这时，大胡子走到胡兰身边，声色俱厉地问：“怎么样？全看到了吧！你到底‘自白’不‘自白’?”刘胡兰大声坚决地回答：“别做梦了。我死也不投降。你们将来是不会有好下场的，收起你的嘴脸吧！”大胡子没想到又碰了一鼻子灰，他皱了皱眉头，挥挥手，指示屠杀继续进行，他倒要看看，这个倔强的小姑娘面

与刘胡兰烈士同时遇难的六位烈士（群雕）

对如此惨烈的场面还能坚持多久？

第三个被铡的是区委组织干部石世芳的哥哥石世辉。

第四个被铡的是，八路军十二团战士，退伍军人张年成。

第五个被铡的是云周西村党支部书记的伯父刘树山。

第六个被铡的是区长陈照德的伯父，72岁的老人陈树荣。

铡刀一次次被撑起又落下，一具具尸体被扔在乱草滩上，头颅被扔在一旁。烈士的鲜血染红了铡刀，染红了枯草，也染红了土地，群众们都悲愤地哭了，哭声惊天动地。男人们骚动着往前拥，但凶神恶煞的阎匪兵用闪光的刺刀逼住人们。大家无可奈何地站住了，眼看着革命者和革命家属一个个被杀，人们的心里在流血，眼睛里装满了愤怒。

现在被绑的人就剩下胡兰和金香了。

刘胡兰像一个钢铁巨人，屹立在广场上。她心中明白，自己此时已经别无选择。她已下定决心像刚才几位革命烈士一样以满腔正气大义凛然地面对敌人的屠刀，她已经将生死置之度外，她的心里清楚地记得石世芳的话："作为一名共产党员，就应当敢于面对一切困难。一个真正的革命者，是不怕死的。"刘胡兰决

心迎接这最后的考验，做一名合格的共产党员。想到这里，她慢慢把头转过来，望了望西侧的妇女，那里面有她的妈妈和妹妹，又望了望东侧的男人，那里面有她的爷爷、大伯和爹爹。她又望了望所有的群众，心中默默地和他们告别，然后，两眼狠狠地瞪着大胡子。大胡子不禁后退了一步，质问道："难道你就不怕死?""怕死就不当共产党员!"刘胡兰斩钉截铁地回答道。"我是怎么个死法?"胡兰又轻蔑地问。大胡子听了，像当头挨了一棒，脸上红了又白，白了又红。他真的没有想到，这个年轻的女孩面对百般威逼利诱，甚至在残酷的屠杀面前，竟然丝毫不为所动。他一点也不明白，这个毫不起眼的普通共产党员，竟能以一种不可思议的坦然与冷静傲然正视和面对死神的到来。他更无法理解，这位瘦弱的姑娘从哪里获得了如此的毫不畏惧蔑视生死的力量?

大胡子彻底绝望了，他苍白的脸不由自主地抽搐着，有点气急败坏地吼道："咋个死法？一个样！来人，拖过去。"两名匪兵走过来。刘胡兰瞪了瞪他们，然后轻轻地用手理了理被风吹乱的鬓发，重新包了包头上的毛巾，昂首挺胸大踏步地向刑场走去。她踏着烈士的鲜血来到了铡刀面前。

铡刀前，刘胡兰止步回首，泰然自若地告别了父母，告别了养育她的家乡土地和勤苦勇敢的乡亲们。“永别了，乡亲们，战斗吧，同志们，敌人的末日不远了，胜利一定是我们的。”她鄙视了一眼垂死挣扎的敌人，甩了甩披在脸上的短发；仰望翻滚的乌云，环顾万里江山……她坚信，黑夜即将过去，祖国的明天将阳光灿烂。就在生命的最后一息，刘胡兰同志高呼：“中国共产党万岁！毛主席万岁！”她从容地走向铡刀……

剑子手们被这姑娘大义凛然的气势吓住了。他们你看看我，我看看你，一时呆住了。许得胜走过来，用手中的鞭子抽了其中的石五则一下。“混蛋，愣什么，开铡！”他大声命令道。叛徒们半天才反应过来，

晋绥边区革命纪念馆

一个个哆哆嗦嗦地走近铡刀。血红的铡刀又重新被撑了起来。

刘胡兰深情地最后回望了乡亲们一眼，然后从容地躺在刀床上。

全场骚动得更厉害了。敌人也恐慌了。许得胜下令所有的枪口都对准群众，随时准备射击。

人群中，爱兰哭得最伤心了。躺在刀床上的是她最亲爱的姐姐。5岁的时候，她们的生母便去世了，照顾爱兰的责任便全落在了姐姐胡兰的身上。每天早晨要哄妹妹起床，帮她穿衣服，白天要在忙家务的同时陪妹妹玩，晚上又帮妹妹脱衣服，铺被褥。凡是她能做到的，她都做到了。而妹妹爱兰呢，小时性子很怪，除了姐姐的话，谁的也不听，整日里形影不离地跟着姐姐。胡兰在她的眼里，是最亲最亲的人了。有一次当胡兰去上小学的时候，爱兰看不到姐姐，哭了整整一天，直到姐姐放学回家才破涕为笑。当胡兰渐渐受到抗日干部的影响，也暗中参加抗日斗争的时候，爱兰也悄悄地帮姐姐放风、送信，有时还送军鞋，纺棉花，成为胡兰的好帮手。而今，姐姐却真的要离开她了，再也看不见姐姐了，爱兰怎能不伤心呢？她不由得抱住妈妈，眼泪像断了线的珠子滑落着。

此时此刻，妈妈胡文秀的心里也如刀绞一般，难过极了。虽说胡兰不是她的亲女儿，但她待胡兰就像亲女儿一般。胡兰想上小学，遭到奶奶的竭力反对，是她亲自说服了奶奶。胡兰参加抗日斗争，她虽然心里十分担心和牵挂，但并没有拖女儿的后腿，阻止胡兰。相反，有几次，在胡兰因为这事和奶奶发生争执时，她还替胡兰说好话呢！眼看着胡兰一天天长大，个子愈来愈高，样子愈来愈漂亮，言谈举止愈来愈大人气了，她打心眼里感到欣慰。而胡兰也十分尊敬和

ZINSUI RHBAO 晋綏日報

「只要有一口氣活着就要爲人民幹到底！」

女共產黨員劉胡蘭慷慨就義

【新華社晋綏七日電】文水縣雲周村十七歲的婦女共產黨員劉胡蘭，在上月十二日被閻軍逮捕，當衆審訊。閻軍問她是不是共產黨員，她答「是」。又問「爲什麽參加共產黨？」「共產黨爲老百姓做事。」「今後是否還給共產黨辦事？」「只要有一口氣活着，就要爲人民幹到底。」至此，閻軍便抬出鍘刀，在她面前鍘死了七十多歲的老人楊桂子等人，又對她說：「只要今後不給八路軍辦事，就不殺你。」這位青年女英雄堅決回答：「那是辦不到的事！」閻軍又說：「你真的願意死了」「死有什麽可怕！」剛毅的劉胡蘭，從容地躺在切草刀下大聲說：「要殺由你吧，我再活十七歲也是這個樣子。」就慷慨就義了。全村父老懷着血海般的深仇，悲痛悼這位人民女英雄，決定立碑永遠紀念。

孝顺妈妈，平时总是帮妈妈忙前忙后，是妈妈的好帮手，她几乎很少惹妈妈生气，表现得十分懂事，母女感情一天天愈来愈深了。而今在这生离死别的关口，眼看着自己活生生女儿要惨遭杀害，妈妈怎能不痛心落泪呢？

男人堆里最悲伤的就是胡兰的爹刘景谦了。这个老老实实的农民，平时信奉着“咱不惹人家希望人家也别惹咱”的处世信条，但曾几何时，外来的动荡和压迫也逼得他不由自主地抗争起来，他曾冒着生命危险通过敌人的封锁线把布匹送到根据地，看着女儿胡兰参加对敌斗争，他没有反对而是默默地表示支持。可是，此时此刻，作为一个父亲，他无能为力，只能眼睁睁地看着女儿即将惨死在敌人的铡刀之下，真如万剑穿胸。站在他旁边的刘胡兰的大伯刘广谦，脸色铁青，眼珠子都红了，他恨不得把凶恶的敌人用拳头全都砸烂。

在男人群中，地下村长赫一丑的心揪得更紧了。看到胡兰子从容地躺在刀床上，他的心中顿时涌起了

拓展阅读 TUOZHAN YUEDU

刘胡兰的话

1. 不怕流血，不怕牺牲，困难面前不低头，敌人面前不屈服，为共产主义奋斗终身。(宣誓时)

2. 只要我还有一口气，就要为人民干到底。

3. 怕死不当共产党员！(被审问时)

4. 要杀就杀，要砍就砍，我死也不自白，共产党员你们是杀不绝的，革命烈火是扑不灭的，你们的末日不远了。

5. 要死，我一个人死，不许伤害群众。(赴死时)

一种极其崇敬的心情。他知道，胡兰是个好姑娘，也是个合格的共产党员。无论什么革命工作，胡兰总是走在前面，面对坏人坏事，她也敢于坚持原则，毫不留情地进行斗争。眼看着这个小姑娘逐渐成熟，他的心里感到由衷的高兴。他还清楚地记得前几天他找胡兰商量转移情况时，胡兰诚恳地请他去区上汇报，而主动要求自己留在家里探听消息，以免赫一丑的身份被暴露。当时，赫一丑不禁被这位年轻的姑娘考虑问题的周到和主动承担风险的精神感动了。而今，和自己一起工作的战友就要被杀害了，他恨不得冲上前去和敌人拼个你死我活，但他心里清楚地明白自己肩头的重担，许多工作还需要他做，他的身份不能暴露。赫一丑望着胡兰，眼泪顺着他饱经沧桑的脸流落下来，他的心里暗暗地说："胡兰子，好样的。我们会替你报仇的。你要挺住啊！"

这时，人们看见大胡子张金宝走到了铡刀跟前，大家的心不由得提到了嗓子眼上，全场一下子变得可怕的寂静，只是偶而听到几声低低的啜泣。大胡子弯下腰，气势汹汹地喝道："你要是想'自由'，现在还来得及，否则铡刀一落想后悔可就晚了。"胡兰静静地躺着，蔑视地瞪了他一眼，然后从容地闭上了眼睛。大胡子的腿都有点哆嗦了，他狠命地挥了挥手，铡刀落下来了。

鲜红的血液似火山喷发……

鲜红的血液似醒目的闪电，划破沉闷的会场。

群众们震惊了，一步步地向前涌动着，匪兵们惊恐地端着上了刺刀的枪，脚步不由自主地后退。

大胡子不由得用手擦了擦脸上的冷汗。到现在他也没明白，他费劲心机，筹谋策划了那么长时间，调动了两个连的兵力，使用了三副铡刀，先后铡了6个人，也没有使刘胡兰屈服。他不得不丧心病狂地杀害了刘胡兰。

他彻底失败了。

这时，已到傍晚了。天气更加阴暗，更加寒冷。西北风呜呜地吹着，像是在凭吊烈士的英灵。枯草飞扬，像是在诅咒这残酷的屠杀。

面对暴怒的群众，大胡子感到不妙。于是他赶快命令匪兵吹号集合，押着金香，在人们的哭喊声和叫骂声中，垂头丧气地溜走了。

刘胡兰英勇就义的消息，一阵风似地传遍了整个晋中平原。人们用这样的赞歌颂扬她："文水平川战旗红，出了个年轻的女英雄。她的名字叫刘胡兰，笑洒热血骨头硬。"

大家在赞叹英雄的同时，也发誓一定给英雄报仇。对敌斗争更加轰轰烈烈地展开了。事实证明，英雄的人民和军队并没有被吓倒，他们正以英雄为榜样，踏着烈士的鲜血继续前进，坚决斗争到底。

杀害胡兰的凶手最终先后被查办，他们得到了应有有的下场。

中共中央主席毛泽东同志得知刘胡兰的事迹后，亲笔题词：生的伟大，死的光荣。

刘胡兰，这个年仅15岁的农村姑娘，这位普普通通的共产党员，用自己宝贵的生命，挫败了敌人的罪恶阴谋，以自己青春的热血，保持了一名共产党员的革命气节。她的鲜血洒在了故乡的土地上，她的伟大形象将永远留在亿万人们的心中。

拓展阅读 TUOZHAN YUEDU

毛主席为刘胡兰烈士题词前后

刘胡兰牺牲后，最早报道刘胡兰事迹的是新华社吕梁分社记者李宏森。1947年2月5日，《晋绥日报》刊登了题为《刽子手阎锡山大肆屠杀文水人民》的报道。2月6日，《晋绥日报》详细刊登了关于刘胡兰英勇就义的报道，同时还配发了一篇评论文章，号召全国人民、全体共产党员向刘胡兰同志学习，为争取祖国的独立、和平、民主而奋斗。

是日，《解放日报》也刊登了题为《只要有一口气活着，就要为人民干到底——女共产党员刘胡兰慷慨就义》的文章。

此时，战斗剧社创作员得知英雄刘胡兰英勇就义的消息后，急赴云周西村采访。在很短的时间内写出话剧《英雄刘胡兰》，并在解放区上演，引起很大反响。据当事人回忆，解放文水前夕，战斗剧社为参战部队演出《刘胡兰》，舞台上的敌军大胡子连长（严寄洲扮演）凶相

毕露地要用铡刀铡死刘胡兰时，观众中有个战士，突然举枪推上子弹，瞄准“大胡子”就要开枪，幸亏旁边的几个同志及时阻拦才未出事。

不久，延安各界慰问团来文水慰问。

延安各界慰问团是1947年1月中旬成立的，任务是前往山西孝义、汾阳、文水、交城一带慰劳与山西军阀阎锡山军队作战，获得重大胜利的中国人民解放军王震纵队和陈庚纵队（两个纵队共9个旅）。慰问团是由延安各界和各单位代表组成的。其成员有崔田夫（陕甘宁边区工会）、吴满有（农民、劳动英雄）、张喜林（延安商会）、白凌云（陕甘宁边区妇联）、孙君一（中央西北局）、黄静波（陕甘宁边区政府）、霍仲年（陕甘宁边区参议会）、孟洁（陕甘宁边区联防司令部）、缪海棱（新华社）和张仲实（党中央直属机关）10人以及陕甘宁边区政府工作人员9人，共19人。崔田夫为团长，张仲实和黄静波为副团长。

慰问团携带猪羊肉等慰问品、慰问信，于1947年1月13日从延安出发，17日到宋家川过

拓展阅读 TUOZHAN YUEDU

黄河进入山西，20日从吴城开始活动，到3月7日结束，历时47天，跑遍离石、孝义、汾阳、文水、交城等地，对我军王、陈两个纵队所辖旅部、团部、营部以及驻在各地的连队、伤兵、医院进行了广泛的慰问。

2月4日至18日，延安各界慰问团成员在文水县活动期间，慰问团副团长张仲实在《晋绥日报》上看到刘胡兰英勇就义的消息，甚为感动，并且对这个英雄典型颇为重视，当即向吕梁区党委副书记解学恭同志了解了刘胡兰生前和被捕就义详情，并派人到参加拆除文水县城墙的云周西村的农民中间作了调查，了解到刘胡兰生前确实是个优秀的共产党员；被捕后，在敌人面前，确实坚贞不屈，英勇就义。慰问团为表彰这位人民英雄，表示积极支持吕梁区党委将采取纪念措施的决定，并表示返回延安以后，一定将刘胡兰的英雄事迹向党中央反映，并请毛主席题词。还向吕梁区党委建议，应将刘胡兰作为在党内进行气节教育的榜样。

慰问团为了向刘胡兰烈士表示敬意，全团携带慰问品——晋绥钞票，白洋布两匹及其他各种用品若干，前往云周西村慰问烈士的家属。驻在文水城东南约5公里处麻家寨的独立第五旅旅长贺炳炎同志考虑到云周西村刚解放，不安全，劝阻慰问团前往，特派一排人将慰劳品送去，代慰问团表示慰问。另送挽联一副，表示沉痛哀悼。

在延安各界慰问团完成任务解散后，张仲实即于1947年3月中旬回到陕甘宁边区子长县（瓦窑堡）东吴家寨子（1946年11月间，延安形势紧急时，党中央办公厅和其他中央直属机关曾经疏散到这里及附近一带），过了几天，毛泽东、周恩来、任弼时等也从延安来到这里。张仲实同志向任弼时同志汇报了延安各界慰问团的活动经过和刘胡兰的英勇就义情形，以及吕梁区党委副书记解学恭同志要求党中央为刘胡兰烈士题词的意见。张仲实同志说："最好请毛主席写个匾，或题几个字。"任弼时同志答应将其意见转报毛主席。

任弼时同志向毛主席汇报后，毛主席于1947

拓展阅读 TUOZHAN YUEDU

年3月26日题写了“生的伟大，死的光荣”8个大字。后因战争关系，此稿不慎遗失。同年，中共中央晋绥分局于8月1日作出了追认刘胡兰烈士为中国共产党正式党员的决定。吕梁地委为了加强党的阶级教育，通知各级党组织，将有关刘胡兰同志的英雄事迹印成专册，作为党组织的学习材料，号召全体党员学习刘胡兰的革命精神，为无产阶级革命事业英勇奋斗。

1956年12月，共青团山西省委作出纪念刘胡兰逝世10周年的决定，并编写了宣传提纲。同时还作出恳请毛主席为刘胡兰烈士重新题词的决定。共青团山西省委宣传部长武艺耀把让毛主席题词的光荣任务交给了团省委宣传科长杨小池同志。12月底，杨小池带着共青团山西省委恳请毛主席为刘胡兰烈士重新题词的报告，来到北京，交给了团中央办公厅转交中共中央办公厅，中共中央办公厅将此报告呈交给毛主席。毛主席于1957年1月9日第二次为刘胡兰题写“生的伟大，死的光荣”，题词于1月12日早晨送到云周西村。

电影《刘胡兰》介绍

刘胡兰小的时候，就常听红军讲许多革命道理，使她从小就开始树立起反抗恶霸地主的勇敢精神。日寇占领文水县后，刘胡兰参加抗日工作。在党的领导下，她一边组织群众反“扫荡”，一边搞生产，经过严格考验，于抗战胜利前被批准入党。后在内战时期，刘胡兰和乡亲们积极给前方的八路军送慰劳品，帮助转移伤员。在一次营救党支书石德辉等人的战斗中，刘胡兰不幸被捕，在蒋军和地主吕善卿的严刑与利诱下，她坚贞不屈，最后英勇就义。

刘胡兰剧照

T拓展阅读 TUOZHAN YUEDU

一、刘胡兰精神

精神内涵：坚定信念、不屈不挠、敢于担当、勇于奉献

坚定信念——新时期胡兰精神的基石

不屈不挠——新时期胡兰精神的灵魂

敢于担当——新时期胡兰精神的本质

勇于奉献——新时期胡兰精神的精髓

精神解析

第二天，陈德邻招呼刘胡兰一起来到村外。陈德邻对刘胡兰说明事情的前后经过，二人商量，一致同意各自回家说服父母，解除婚约。

弘扬胡兰精神，首先要正确理解和把握新时期、新形势下胡兰精神的实质和内涵。发展到今天，胡兰精神已经不能用简单的“不怕死”来概括，更不是那种“天不怕、地不怕，捅下娄子不管它”的愚昧莽汉精神。马克思主义是不断发展的，胡兰精神也是与时俱进的，在革命战争

年代我们需要不怕流血牺牲的精神，现在我们更需要为促进经济发展、维护群众利益出力流汗、做出贡献的英雄。新时期胡兰精神概括来讲就是四句话、十六个字：坚定信念、不屈不挠、敢于担当、勇于奉献。

坚定信念，就是要坚定共产主义的理想信念，牢记全心全意为人民服务的根本宗旨，始终保持同人民群众的血肉联系，把党和人民的事业作为人生的最高理想，把为人民服务作为毕生的最大追求，把维护和实现最广大人民的根本利益作为工作的最终目标。

不屈不挠，就是要要面对落后永不服输，面对困难永不气馁，面对群众的期望永不懈怠，视挑战为机遇，变压力为动力，努力破解制约发展稳定的诸多难题，着力解决群众反映强烈的形式主义、官僚主义、享乐主义和奢靡之风“四风”问题。

敢于担当，就是要把为人民群众造福谋利

作为第一追求，把促发展、保稳定、惠民生作为第一目标，不怕得罪人，不怕担责任，不怕别人背后议论。凡是有利于人民群众、有利于发展稳定的事，顶着压力也要上，冒着风险也要干，努力创造出经得起历史考验、经得起群众检验的工作实绩。

勇于奉献，就是要从自身做起，从点点滴滴的小事做起，从方方面面的细节做起，为当地的发展稳定做出自己的贡献。每个单位争先创优，做出了一流业绩；每个企业做大做强，创出了名优产品，贡献了更大利税；每个村实现了发展、保持了稳定；每名党员干部立足本职，踏实工作，维护了共产党员的形象和声誉……这些都是弘扬了胡兰精神，践行了群众路线。

二、事迹介绍

智勇双全好女儿

豪言壮语：我不要连累大家

1946年6月，全面内战爆发。入秋，阎锡

山趁我军转移山西西部作战之机扫荡了文水县的平川地区，当地的地主武装“奋斗复仇自卫队”也乘机猖狂反扑，文水地区形势恶化。这时，县委要求干部分批转移上山。但刘胡兰坚决要求留下来坚持敌后斗争。

观音庙里斥阎匪

豪言壮语：你就是给我个“金人”，我也不“自白”

审讯刘胡兰的是阎匪军指导员大胡子张全宝。张全宝问：“你们村村长是谁杀的？”刘胡兰斩钉截铁地回答：“不知道！”“你给八路军做过些什么工作？”“我什么都做过！”刘胡兰的回答令敌人极为吃惊，他继续问道：“这阵子你和八路军是怎样通信的？”“没有通过信。”张全宝得意地冷笑道：“现在有人供出来了，说你是个共产党员。”刘胡兰正义凛然地回答：“说我是共产党员，我就是共产党员，是共产党员又怎样？”“你们村还有谁是共产党员？”“就我一个！”张全

拓展阅读 TUOZHAN YUEDU

宝又哄骗道："'自白'就是自救。你'自白'了，给你一份土地。""你就是给我个'金人'，我也不'自白'。"

英勇就义洒热血

豪言壮语：我咋个死法

寒风中，刘胡兰站在刑场中央，她慢慢地把头转向母亲和爱兰子的那个方向，深情地望了一眼，然后似在人群中寻找着父亲的身影。

匪兵强行把刘胡兰的头扭转过去，不让她回望自己的亲人们。刘胡兰愤怒地瞪着大胡子，喝道："我咋个死法？"大胡子恶狠狠地指指那6位身首分离的烈士说："一个样！"

凶手叛徒终受惩

快人心："大胡子"戏剧落法网

刘胡兰等七位烈士惨遭杀害后，军民义愤填膺。到1963年，制造惨案的叛徒和凶手陆续落网。大胡子张全宝被捕，颇有戏剧性。

1951年5月8日，运城县公安局公安人

员包围了张犯的住宅。张全宝被捕。在威严的法庭上，张全宝用他那沾满了人民鲜血的手指，颤抖地在供词上按上了手印。

生的伟大，死的光荣——毛泽东

1947年3月26日，毛主席听取任弼时的汇报后，挥笔疾书，题写了“生的伟大，死的光荣”8个刚劲有力的醒目大字。题词稿送达文水县后，因战争关系不慎遗失。

1957年1月9日，毛主席第二次为刘胡兰亲笔题写奔放遒劲的“生的伟大，死的光荣”8个大字，落款是毛泽东那洒脱的字体：“毛泽东题”4个字。

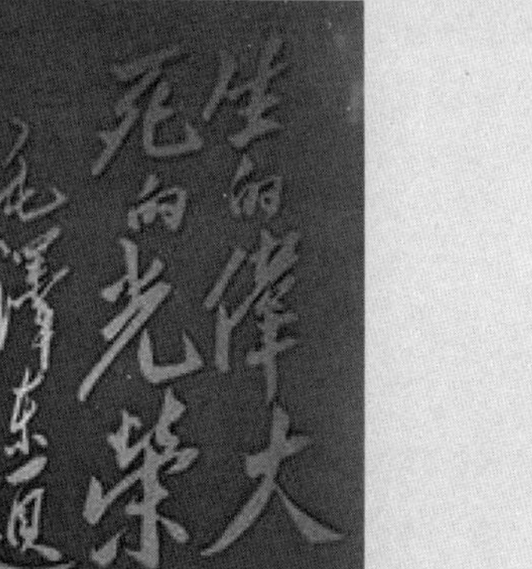

拓展阅读 TUOZHAN YUEDU

刘胡兰的高贵品质，她的精神面貌，永远是中国青年和少年学习的榜样——邓小平

1962年，邓小平为刘胡兰写好题词。邓小平题词的语法结构非常完整，内容表述明确具体，很有鼓舞性和号召力，既指出了刘胡兰的“高贵品质”和“精神面貌”这两个方面的学习内容，也指出了学习的重点对象是“青年和少年”，落款“邓小平敬题”中一个特别的“敬”字，饱含了他对刘胡兰烈士的无限崇敬之情。

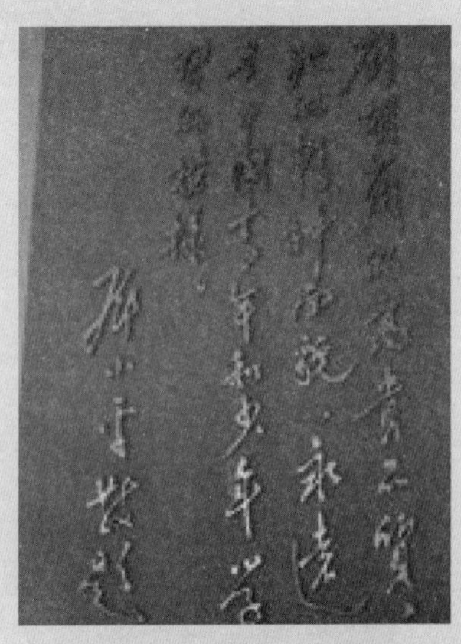

发扬胡兰精神，献身四化大业——江泽民

1994年2月2日，江泽民总书记在山西视察工作时为刘胡兰题词：“发扬胡兰精神，献身四化大业。”

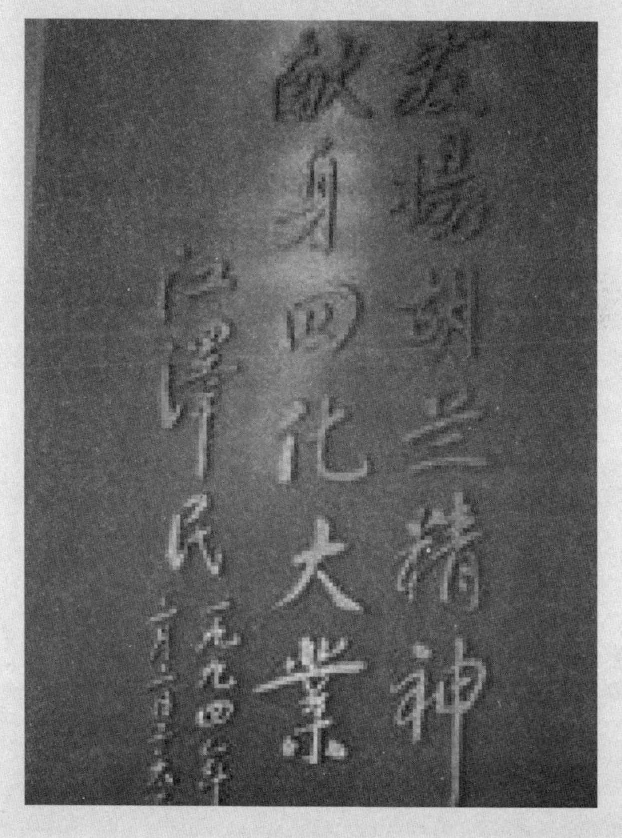

生的伟大
死的光荣

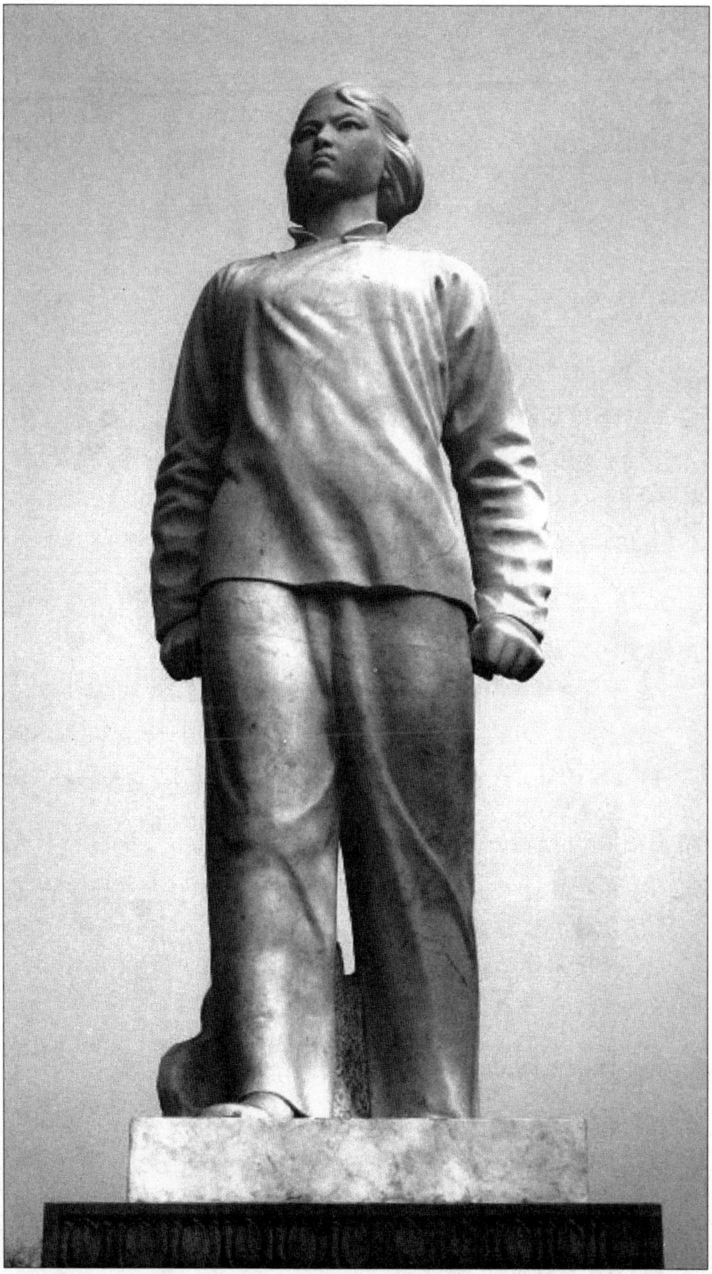

中华魂·百部爱国故事丛书
提 要

《誓与禁烟相始终——民族英雄林则徐》

林则徐严禁鸦片，坚决抵抗西方列强的侵略，坚持维护国家主权和民族利益。他是中国近代历史上第一位睁眼看世界的人，是抗击帝国主义殖民侵略的第一人，是中华民族抵御外侮过程中伟大的民族英雄。

《血洒虎门御敌寇——抗英将军关天培》

民族英雄关天培，在第一次鸦片战争中为了抗击英国侵略者的入侵而血洒虎门，为国捐躯，谱写了一曲可歌可泣的英雄赞歌。关天培用他的生命，书写了中国人民反抗外侮的历史。

《威震镇海靖节魂——抗敌英雄裕谦》

在第一次鸦片战争期间的众多牺牲者中，有一位官阶最高，他就是两江总督裕谦。裕谦与外国侵略者斗争立场坚定，与国内妥协派、投降派斗争态度坚决。裕谦督战镇海，与英国侵略军浴血奋战，临危不惧，以身报国，浩气长存。

《斩邪留正解民悬——太平天国领袖洪秀全》

农民出身的洪秀全，从失意文人到起义领袖，经历了长期的思想演变过程，在外敌入侵、清朝政府腐朽的历史环境之下，顺应时代的潮流，成长为一位非凡的历史英雄人物，建立了与清朝政府相抗衡的农民政权——太平天国。

《仰承汉唐　荟萃中外——近代数学家李善兰》

李善兰是我国19世纪重要的科学家之一，在数学、天文学、力学等方面都有重大建树。他继承了我国古代数学的成就，又以极大的热情传播西方科学文化，“仰承汉唐，荟萃中外”，把自己的一生献给了科学事业。

《严谨治学　勇于探索——近代著名数学家华蘅芳》

华蘅芳，中国近代数学家之一。其精通中国古算学，并熟练掌握西方近代数学，是中国验证抛物线并著书立说的参与者。为了证明“外国有的，中国也能造”而鞠躬尽瘁，在引进西方科学技术、传播科学知识上贡献卓著。

《折冲樽俎护山河——近代著名外交家曾纪泽》

曾纪泽是中国近代史上著名的爱国外交家，在中俄伊犁交涉事件中，他秉承抵抗列强、保卫国家的坚定意志，利用外交手段全力同沙俄抗争，捍卫了国家主权、民族尊严，收回了祖国的领土，在近代中国外交史上留下了光辉的一页。

《甲午海战留英名——民族英雄邓世昌》

邓世昌，北洋水师名将。本书以邓世昌的成长过程为线索，以代表性的历史故事为主要内容，还原真实的历史事件，突出鲜明的人物性格。邓世昌因在中日甲午海战中突出的英雄气概而名垂史册，书写了伟大的爱国主义篇章。

《誓与舰队共存亡——北洋水师提督丁汝昌》

丁汝昌处在清朝政府的腐朽和李鸿章的专断下，难以施展爱国的抱负，壮志未酬，愤恨而终。但丁汝昌为建立近代海军作出的巨大贡献，带领北洋舰队爱国官兵勇抗强敌的英雄事迹，将永远为后代所传颂。

《镇南关上凯歌扬——抗法老英雄冯子材》

1885年中法战争中，年逾古稀的冯子材为抵御外国侵略，勇赴国难，大败法军于镇南关，并乘胜追击，接连收复文渊、谅山等地，从根本上扭转了中法战争的局面，成为近代民族英雄的杰出代表。

《屡败法军逞英豪——黑旗军将领刘永福》

刘永福是黑旗军的创建者，是农民出身的杰出军事家、政治活动家。在19世纪发生的援越抗法、中法战争中，他率部与帝国主义侵略者进行了殊死的战斗，建立了卓越的功勋，成为我国近代史上著名的民族英雄，为后世所景仰。

《矢志变法强国家——戊戌变法领袖康有为》

康有为是清末民初最有影响力的思想家之一。他领导了中国知识界的启蒙运动，掀起了一场自上而下的政体改革。他最早在中国提出了立宪政体和具体的宪政方案，主张在坚持儒家传统和帝制的前提下，学习西方经验，他的进步思想对近代中国具有深远的影响。

《开民智以报国　普新知而图强——戊戌变法思想家梁启超》

梁启超，中国近代史上著名的政治活动家、启蒙思想家、史学家、文学家，戊戌变法领袖之一。本书以百日维新思想家梁启超的成长过程为线索，以代表性的历史故事为主要内容，还原真实的历史事件，突出鲜明的人物性格。

《我自横刀向天笑——维新志士谭嗣同》

谭嗣同在民族危机的严重时刻，投身改革救中国的洪流。为了带给祖国一个光明的未来，紧要关头，他挺身而出，用自己的鲜血激励后人，把宝贵的生命献给了变法事业。

《睡乡敢遣警世钟——用生命警策国人的陈天华》

陈天华是民主革命的活动家和宣传家。他写的《猛回头》《警世钟》等书，起到了革命启蒙的重大作用。为了激发留日学生的爱国情怀，他不惜投海自杀，演出了近代史上感人至深的一幕，给后人留下了难忘的印象。

《革命军中马前卒——民主斗士邹容》

革命乃“至尊极高，独一无二，伟大绝伦之一目的”；它是“天演之公例，世界之公理，顺乎天而应乎人”的伟大行动。因此，必须“仗义群兴革命军”。他激情高呼：“革命独子万岁！中华共和国万岁！”这就是《革命军》的作者，中国近代著名资产阶级革命宣传家邹容。

《休言女子非英物——鉴湖女侠秋瑾》

为民族解放和妇女解放而英勇斗争的秋瑾，冲破封建礼教的思想牢笼，打碎封建精神枷锁，崇仰真理，追求光明，主张共和，坚持男女平等，最终献出了自己年轻的生命。

《血溅校场　杀身成仁——民主斗士徐锡麟》

本书讲述了反清志士徐锡麟弃文从武、投身反清革命事业，最终被清政府杀害的故事。出于对国家的热爱，徐锡麟献出自己的生命，他的事迹将永远激励后人深切缅怀这位民主革命的先驱。

《生可死耳　我志长存——献身民主的禹之谟》

禹之谟，民主革命党人，同盟会会员，近代资产阶级革命家、实业家。1886年，20岁的禹之谟“提三尺剑，挟一卷书”游历四方，研究西方社会政治学说，忧国忧民之心日趋强烈。戊戌变法失败，他丢掉改良幻想，倡革命救亡之说，走上民主革命道路。

《物竞天择　适者生存——资产阶级启蒙思想家严复》

严复是中国近代著名的启蒙思想家、翻译家和教育家。他长期从事教育和翻译事业，为近代中国人才培养和思想启蒙做出了重要贡献，同时他也为中国的翻译事业和中西思想文化交流做出了重要贡献。

《辛亥革命急先锋——资产阶级革命家黄兴》

黄兴，清末民初资产阶级革命家，中华民国开国元勋。黄兴在武昌首义及辛亥革命时期的爱国表现，与孙中山闻名于当时，常被时人以“孙黄”并称。本书以资产阶级革命活动实干家黄兴的成长过程为线索，歌颂了先辈伟大的爱国主义精神。

《矢志革命　百折不回——近代民主革命家廖仲恺》

廖仲恺追随孙中山踏上了创立民国与捍卫共和制的旧民主主义革命

之路；在新民主主义革命时期，他为建立、巩固首次国共合作和实施三大政策，英勇奋斗，为国殉职，洒尽了一腔热血。

《将军拔剑南天起——护国英雄蔡锷》

蔡锷是中国近代史上的杰出军事家、爱国者。他的一生短暂而伟大。辛亥革命爆发，他毅然投身于革命洪流之中，领导云南重九起义，对武昌起义积极响应。袁世凯窃国复辟、恢复帝制的阴谋暴露出来以后，他又毅然举起了武装讨袁的旗帜。

《反帝反封建运动——五四青年的爱国故事》

五四运动是一次伟大的反帝反封建的爱国运动；是一个伟大的历史转折点；是中国人民的斗争从挫折走向胜利的一个关节点，它为中国的前进开辟了一条全新的道路，拉开了中国新民主主义革命的序幕。

《思想自由　兼容并包——著名教育家蔡元培》

蔡元培是中国近现代著名的民主革命家和教育家，一生经历风雨，却始终信守爱国和民主的政治理念，致力于废除封建主义的教育制度，奠定了我国新式教育制度的基础，为我国教育、文化、科学事业的发展做出了富有开创性的贡献。

《为国家争光　为民族争气——中国铁路之父詹天佑》

詹天佑是我国最早的杰出铁道工程师，因主持建造京张铁路而闻名中外，被誉为“中国铁路之父”。他为祖国的铁路事业贡献了毕生的精力。本书向读者展示了詹天佑热爱祖国、科技兴国的辉煌人生。

《实业救国　衣被天下——轻工之父张謇》

张謇是爱国实业家、教育家。他年轻时中过状元。过了40岁，开始投身工商实业活动中，他的名言是“富民强国之本在于工”。在南通，创办大生丝厂、银行等各种实业。并将创办实业的大部分所得投入教育。他的观点是，教育和实业一样，也是“富强之大本”。

《心向革命　追求光明——平民将军冯玉祥》

冯玉祥将军“是一位从旧军人转变而成的坚定的民主主义战士”。

抗日战争期间，他辗转各地，用实际行动积极抗战。日本战败投降后，他为了断绝美国的援蒋内战，又在美国四处演说，揭露蒋介石统治之黑暗，痛斥美国阴谋分裂中国的不良行为。

《刑场上的婚礼——革命烈士周文雍　陈铁军》

周文雍是广州起义的主要领导人之一。陈铁军出身于华侨商人家庭，却毅然投身革命洪流。1928年1月，两人接受派遣，回到广州假扮夫妻从事革命斗争，却不幸被捕。临刑前，两位烈士将敌人的枪声当作自己婚礼的礼炮，用生命和爱情谱写出一曲千古绝唱。

《星星之火　可以燎原——井冈山斗争的故事》

1927—1929年，毛泽东、朱德等老一辈革命家，在井冈山创建了农村革命根据地，进行了艰苦卓绝的斗争，建立了新型革命武装，点燃了工农武装革命之火，找到了农村包围城市最后夺取政权的中国革命的正确道路。

《新民学会的主要发起人——中国共产党早期革命家蔡和森》

蔡和森青年时期曾与毛泽东等人一起组织进步团体新民学会，参加五四运动，并在赴法国勤工俭学时研读大量马克思主义著作，回国后以满腔热忱投身革命事业，成为中国共产党早期重要的理论家和宣传家。

《威震黄浦江畔　高奏抗日壮歌——一·二八淞沪抗战》

面对日本侵略者的挑衅，十九路军在蒋光鼐、蔡廷锴的带领下，高举义旗，奋力一搏。一·二八淞沪抗战，是中国军人捍卫军人荣誉和祖国尊严所发出的吼声，谱写了一曲抗击日军侵略的英雄壮歌。

《将军恨不抗日死——慷慨就义的吉鸿昌》

在国难深重的20世纪30年代，吉鸿昌将军因拒绝执行国民党指示，坚决不打内战，被迫携眷出国“考察”。回国后，他加入中国共产党，组织了民众抗日同盟军，英勇打击日本侵略者，后于1934年11月被国民党反动派杀害。

《献身革命　甘于清贫——梅岭忠魂方志敏》

大革命失败后，方志敏凭着“两条半步枪”起家，身经百战，创建了赣东北革命根据地和红十军。本书真实记录了方志敏投身于革命、领导红军和敌人进行艰苦卓绝斗争的经历，歌颂了烈士贫贱不移、威武不屈、献身革命的高尚品质。

《奏响中华最强音——人民音乐家聂耳》

聂耳在他有限的生命中创作了数十首革命歌曲，在抗日救亡运动中，聂耳的这些歌曲产生了广泛深远的影响。他的音乐创作为中国无产阶级革命音乐的发展指明了方向，树立了榜样。

《横眉冷对千夫指——中国文化革命主将鲁迅》

鲁迅不但是伟大的文学家，而且是伟大的思想家和伟大的革命家。在那风雨如晦的黑暗年代里，他以笔为投枪，同一切帝国主义和反动派进行了顽强的战斗，为中国人民树立了一个不朽的丰碑。他是新文化战线上的一面光辉旗帜，是我们伟大民族的灵魂。

《铁流两万五千里——红军长征的故事》

红军长征是人类历史上的一次伟大的壮举。第五次反“围剿”失败后，中国工农红军的三大主力在极端艰难的条件下，突破国民党军队的围追堵截，进行了史无前例的战略大转移，总行程达两万五千里以上。途中发生了许多动人故事，至今令人难以忘怀。

《荣辱不移革命志——创建陕北红军的刘志丹》

刘志丹是杰出的无产阶级革命家、军事家，西北红军和西北革命根据地的主要创始人之一。他一生热爱人民，追求真理，英勇善战，百折不挠，艰苦奋斗，忠心赤胆，为创建红军和革命根据地、为中国人民的解放事业建立了不可磨灭的功勋。

《英名永存北平城——爱国将领佟麟阁　赵登禹》

1937年7月28日，日军向北平郊区发动进攻。第二十九军副军长佟麟阁奉命在南苑率部与日军苦战，腿部受伤，头部被敌机炸伤，壮烈殉国。第一三二师师长赵登禹指挥部队顽强抵抗日军，右臂中弹负伤，仍继续作战。后在转移途中遭日军截击而牺牲。

《八百壮士　四行仓库铸军魂——谢晋元和他的战友们》

八一三抗战，中国军人以血肉之躯揭开全面抗战的帷幕。这是一场血战，是中国军人不屈不挠的英雄诗篇，其中的八百壮士守四行，成为这首英雄颂歌中最动人、最凄美的音符。一曲四行保卫战，铸就了不屈的军魂。

《八女投江　气贯长虹——八位抗联女战士》

抗日战争时期，以冷云为首的东北抗日联军8名女战士，为捍卫民族尊严，面对凶残的日寇，镇定自若，宁死不屈，投江殉国，表现了中华民族同敌人血战到底的英雄气概。她们的光辉形象，激励着千千万万的后来人。

《艰苦抗战　威震敌胆——著名抗日英雄杨靖宇》

杨靖宇将军是我国著名的抗日民族英雄。曾先后担任磐石游击队政治委员、东北抗日联军第一军军长兼政委、抗日联军总司令等职。领导军民对日寇坚持了长达9个年头的艰苦卓绝的斗争，最终以身殉国。

《死也不当亡国奴——镜泊抗日英雄陈翰章》

陈翰章，从1932年8月投笔从戎，直到1940年12月8日为抗击日本侵略者，战死在镜泊湖畔。他在抗日疆场上奋战了九年，他那可歌可泣的英雄事迹将为人们永世传颂。

《名将殉国　气壮山河——抗日将军张自忠》

著名抗日将领、民族英雄张自忠，生于忧患的时代，抱有“宁为百夫长，胜作一书生”的志向，经历过失败与低谷，最终成就了慷慨人生。本书主要以人物活动为主，勾画出一个真正的“民族魂”鲜活的人生，会带给读者振奋的力量。

《宁死不辱战士名——狼牙山五壮士》

1941年日寇在河北易县“扫荡”。为掩护群众和主力部队撤退，五位八路军战士毅然把敌人引上了狼牙山棋盘坨峰顶绝路。弹尽粮绝、无路可退，五位英雄纵身跳下了万丈悬崖，用生命和鲜血谱写出一曲惊天地泣鬼神的壮举。

《太行浩气传千古——抗日名将左权》

左权，中国工农红军和八路军高级指挥员，著名军事家。是八路军在抗日战场上牺牲的最高指挥员。名将阵亡，太行山为之垂首，全党为之悲痛。周恩来称他“足以为党之模范”，朱德赞誉他是“中国军事界不可多得的人才”。

《虎将兴关外　抗倭统雄师——抗联英雄赵尚志》

本书描写了久经考验的共产党员、东北抗联的创建者和主要领导人赵尚志，在艰苦卓绝的条件下，坚持抗战，威震敌胆，战功卓著，忍辱负重，忠贞不屈，为国捐躯的英雄故事，为青少年读者呈上一部爱国主义的佳作。

《黄埔之英　民族之雄——抗日名将戴安澜》

抗日名将戴安澜，先后参加保定、漕河、台儿庄、武汉、昆仑关等战役，作战英勇，屡建奇功；入缅作战，“扬威国外，藉伸正义”；守东瓜，复棠吉；殒身缅北，遗恨丛林，马革裹尸，成就了光辉的一生。

《爱国志士　民主先锋——新闻出版家邹韬奋》

本书讲述了邹韬奋献身新闻出版事业的奋斗历程，展现了一位新闻工作者坚定的革命信念和炽热的爱国主义精神，全心全意为人民服务、为读者服务的奉献精神，歌颂了他的高尚情操和优良品质。

《为抗战发出怒吼——人民音乐家冼星海》

人民音乐家冼星海，青年时期在巴黎求学，饱尝屈辱与磨难；学成后毅然回到多灾多难的祖国，用满腔热忱谱写激昂的音乐，鼓舞中华儿女的斗志；奔赴延安，谱写出不朽的名作《黄河大合唱》，发出中华民族抗日救亡的怒吼。

《全民皆兵　抗击日寇——抗日战争的故事》

中国人民进行的十四年抗战，是一百多年来中国人民反对外敌入侵第一次取得完全胜利的民族解放战争。这场战争是以国共两党合作为基础，有社会各界、各族人民、各民主党派、抗日团体、社会各阶层爱国人士和海外侨胞广泛参加的全民族抗战。

《捧着一颗心来　不带半根草去——人民教育家陶行知》

陶行知是我国现代教育史上伟大的人民教育家、教育思想家。他从青年起就立志献身教育事业，以“捧着一颗心来，不带半根草去”的赤子之心，为人民的教育事业鞠躬尽瘁。

《为民主与和平拍案而起——民主斗士闻一多》

闻一多早年与梁实秋等人发起成立清华文学社。赴美留学期间由对祖国的深深眷恋而创作著名的《七子之歌》。后在西南联大任教8年，积极投身于抗日运动和争取民主的斗争，发表了著名的《最后一次讲演》。

《铁窗难锁钢铁心——革命先烈王若飞》

王若飞是我党早期杰出的无产阶级革命家。在艰苦卓绝的斗争中，他出生入死，屡建奇功，以超人的睿智和胆略，在敌人的监狱中，同敌人展开了殊死的较量，为抗战的胜利和新中国的诞生做出了卓越的贡献。

《横扫千军　还我河山——抗联名将李兆麟》

李兆麟是东北抗日联军创建人之一，他率领抗日联军历尽千难万险与日本侵略者浴血奋战，在极其艰苦的条件下，保存了抗日联军的有生力量，为东北光复做出了重大贡献。

《锄头开出新天地——解放区大生产运动》

为了解决困难，渡过难关，党中央号召党政军民齐动手，开展大生产运动。中国共产党在其控制区域内发动的一场军队屯田和鼓励生产的群众运动，达到了自己动手丰衣足食，共度难关，既进行革命又进行生产自足的目的。

《生的伟大　死的光荣——女英雄刘胡兰》

刘胡兰，坚贞不屈的少年女英雄。生前对我国劳动人民的解放事业无限忠诚，在敌人威胁面前，大义凛然，毫无惧色，英勇牺牲，表现了共产党员的高贵品质。

《饿死不领美国救济粮——爱国知识分子的楷模朱自清》

朱自清作为爱国知识分子的典型，以锐利的笔锋直言痛斥反动政府的暴行，体现了他崇高的爱国情怀和不畏恶势力的精神品格。毛泽东曾给朱自清先生以高度评价："一身重病，宁可饿死，不领美国的'救济粮'"，"表现了我们民族的英雄气概"。

《为了新中国前进——舍身炸碉堡的董存瑞》

伟大的英雄，中国人民的儿子董存瑞，从儿童团长成长为一名光荣的解放军战士，在1948年解放隆化县城时，舍身炸碉堡，为新中国献出了自己年轻的生命。他的英雄形象永远留在人民心里。

《宁死不屈的共产党员——革命烈士江竹筠》

江竹筠，就是著名的江姐。1947年春，她负责《挺进报》工作，只几个月的时间，报纸就发行到1600多份，引起了敌人的极大恐慌。由于叛徒出卖，江姐不幸被捕，惨遭毒刑的残酷折磨，仍坚贞不屈。最后被特务秘密枪杀，年仅29岁。

《抗美援朝　保家卫国——志愿军的战斗故事》

抗美援朝战争是中国人民志愿军为援助朝鲜人民、保卫祖国安全，与美国为首的"联合国军"发生的战争。在朝鲜牺牲的志愿军烈士们，他们英勇的战斗事迹、保家卫国的精神值得我们发扬光大。

《上甘岭上壮烈歌——黄继光和他的战友们》

在1952年10月的上甘岭战役中，黄继光和他的战友们在零号阵地半山腰被敌机枪火力点压制，此时，黄继光身上已经多处负伤，手雷也已全部用光。为了完成任务，减少战友的伤亡，他用自己的胸膛堵住正在扫射的敌机枪射孔，为反击部队扫清了前进的道路。

《诗书印画　全入神品——国画大师齐白石》

齐白石出身贫寒，做过农活，当过木匠，后改学雕花木工，从民间画工入手，摹古人真迹，学诗文书法，融汇古今，而诗、书、印、画俱佳；他将中国画的精神与时代的精神统一得完美无瑕，使中国画得到国际的重视，无愧于“国画大师”的称号。

《毕生为文化而奋斗——中国第一出版家张元济》

张元济参与、主持和督导商务印书馆近六十年，使其从简单的印刷企业转变为当时中国教育出版的旗帜。张元济一生爱书，在中华大地动荡不安的年代里，他用自己对文化的热爱，续存着中华民族灿烂悠久的文明之光。

《独树一帜　梨园大师——著名京剧表演艺术家梅兰芳》

梅兰芳，京剧大师，演唱风格独树一帜，世称“梅派”。曾先后赴日本、美国、苏联演出，并荣获美国波摩那学院和南加州大学的荣誉文学博士学位。作为一位爱国者，抗战期间蓄须明志，拒绝为日本人演出，为后世称颂。

《华侨旗帜　民族光辉——爱国侨领陈嘉庚》

陈嘉庚是著名的爱国华侨领袖、企业家、教育家、慈善家、社会活动家。他为辛亥革命、民族教育、抗日战争、解放战争、新中国的建设做出了卓越的贡献。生前被毛泽东誉为“华侨旗帜、民族光辉”。

《向雷锋同志学习——伟大的共产主义战士雷锋》

雷锋，一个平凡而伟大的共产主义战士，一心向着党，一生秉承着全心全意为人民服务、无私奉献的崇高思想；发扬刻苦学习和钻研理论的“钉子”精神；坚持勤俭节约、艰苦奋斗的优良作风。毛泽东为其题词：“向雷锋同志学习。”

《人民的好公仆——县委书记的好榜样焦裕禄》

焦裕禄，被誉为县委书记的好榜样。他用自己的革命精神，展开了与大自然、与社会落后现象、与病魔的多重抗争，让我们领略到一个共产党人的生之伟大、死之壮美的人格品质和具有现实教育意义的精神魅力。

《文学巨匠　京味大师——人民作家老舍》

老舍是我国现代小说家、文学家、戏剧家。他用融入骨髓的真诚文字反映生活的喜怒哀乐。老舍的一生，总是在忘我地工作，他是文艺界当之无愧的“劳动模范”，生前被北京市人民政府授予“人民艺术家”的称号。

《革命老人——无产阶级教育家徐特立》

徐特立是一代伟人毛泽东的老师。他出生在贫苦家庭，大部分时间生活在动荡艰苦的年代；他刻苦勤奋，不畏艰辛，追求光明，一生勤俭，为革命培养了大量的人才；他对党和人民任劳任怨，鞠躬尽瘁。他坎坷奋斗的一生，留下了许多可歌可泣的故事。

《人生能有几回搏——新中国第一个世界冠军容国团》

容国团先后担任中国乒乓球队运动员、女队主教练。获得1959年男子单打世界冠军；1961年夺得男子团体世界冠军；作为中国女队主教练，1965年率女队第一次夺得女子团体世界冠军。他的“人生能有几回搏”的豪言，举国传诵。

《石油工人一声吼　地球也要抖三抖——铁人王进喜》

王进喜，新中国第一批石油钻探工人。他为祖国石油工业的发展和社会主义建设立下了不朽的功勋，在创造了巨大物质财富的同时，还给我们留下了宝贵的精神财富——铁人精神。他被评为“百年中国十大人物”，写入中华民族的光辉史册。

《做人民需要我做的事——著名地质学家李四光》

李四光是一位伟大的科学家，他一生从事地质学研究工作，足迹遍布祖国的山川，为祖国探明了许多地下宝藏；他创建了崭新的学说——地质力学；他历尽重重困难，为正确认识地质构造开辟了一条新路。

《中国化学工业的先驱——著名化学家侯德榜》

为摆脱纯碱需要进口的窘况，20世纪初，怀着“实业救国”梦想的中国化工先驱侯德榜等人创办了永利碱厂，并立志生产出中国人自己的碱。1926年，永利碱厂终于成功地生产出“红三角”牌纯碱，从此中国制碱业得以跨入世界先进行列。

《毕生求是　一丝不苟——著名科学家竺可桢》

著名科学家竺可桢献身科学研究；治学严谨，一丝不苟；一生廉洁，两袖清风；作风民主，爱护学生。他以爱国之心、报国之志，从一个民主主义者逐渐成长为一个共产主义战士。

《热爱自然的大地之子——著名植物学家蔡希陶》

蔡希陶，五十载风雨，五十载坎坷，五十载奋斗，五十载开拓，为了发现对人类生产、生活有用的植物及新物种的引进而做出巨大贡献，在中国的植物资源学史上将永远镌刻着他的名字。

《高洁无私的襟怀——知识分子的楷模蒋筑英》

蒋筑英是中国当代知识分子的先锋典范，他不为名，不为利，尊重科学；他以坚忍的毅力和顽强的作风，在科学的道路上呕心沥血，鞠躬尽瘁，无私地奉献了青春和生命。

《迎接新生命的天使——卓越的妇产科专家林巧稚》

林巧稚是国内外享有盛誉的妇产科专家。在五十多年的医学教育和临床实践中，林巧稚亲自接生了五万多婴儿，治愈了数千病人，培养了数以百计的专门人才，为我国的妇女儿童事业做出了不可磨灭的贡献。

《独自成千古　悠然寄一丘——国画大师张大千》

张大千是20世纪中国画坛最具传奇色彩的国画大师，无论是绘画、书法、篆刻、诗词无所不通。在艺术界深得敬仰和追捧，艺术家们用真挚的感情，用绘画和雕塑展现了“张大千”多彩的艺术形象。

《建造中国的通天塔——著名数学家华罗庚》

中国当代著名数学家华罗庚，为中国数学的发展做出了无与伦比的贡献，他是中国解析数论、典型群、矩阵几何等多方面研究的创始人与开拓者，也是我国最早将数学理论研究与生产实践紧密结合的科学家。

《问鼎长天　强我国威——两弹元勋邓稼先》

邓稼先是我国著名科学家，参加组织和领导我国核武器的研究、设计工作，从对原子弹、氢弹原理的突破和试验成功及其武器化，到新的核武器的重大原理突破和研制试验，作出了重大贡献。是我国核武器理论研究工作的奠基者之一，被誉为"两弹元勋"。

《敢叫天堑变通途——桥梁专家茅以升》

中国著名的桥梁专家茅以升从小立志为祖国建造桥梁，经过不懈努力，他不仅设计建造了一座座宏伟壮观、坚固实用的道路桥梁，而且搭建了一座座友谊之桥，为祖国建设作出了卓越贡献。

《蘑菇云之梦——核物理学家钱三强》

被誉为"中国原子弹之父"的核物理学家钱三强，更名后立志于科技报国；24岁投师于世界著名核物理学家居里夫妇；与夫人何泽慧合作，发现铀的"三分裂""四分裂"现象；统领我国的原子大军，做了大量创造性工作。

《两离桑梓地　满怀雪域情——领导干部的楷模孔繁森》

孔繁森，是一位一尘不染、两袖清风的好干部。两次进藏工作，历时十载，为西藏的建设、发展和稳定作出了突出的贡献。1994年11月，孔繁森不幸以身殉职。人民群众称他为新时期领导干部的楷模。

《摘取数学皇冠上的明珠——著名数学家陈景润》

陈景润是享誉世界的数学家，为了证明"哥德巴赫猜想"，他以惊人的毅力在数学领域里艰苦跋涉，终于攻克了世界著名数学难题"哥德巴赫猜想"中的"1+2"，创造了中国乃至世界数学史上的辉煌。

《学术独步　饮誉四海——享有国际威望的科学家卢嘉锡》

卢嘉锡是一位在国际科学界享有崇高威望的物理化学家、化学教育家和科技组织领导者。1945年，卢嘉锡满怀“科学救国”的热忱回到祖国，对中国原子簇化学的发展起了重要推动作用，他所指导的新技术晶体材料科学研究，也取得了重大成绩。

《德艺双馨　梨园楷模——著名豫剧表演艺术家常香玉》

常香玉1941年赴陕甘演出。1948年在西安创办香玉剧社。1951年为支援抗美援朝，率剧社巡回西北、中南、华南各地演出，以演出收入捐献“香玉剧社号”战斗机一架，素有“爱国艺人”之誉。

《文学大师　激流勇进——著名作家巴金》

本书以巴金生平和主要事迹为线索，回顾和展示现代著名作家巴金的一生，以期让人们看到巴金在这风云变幻的100多年中，有过成功的欢欣，有过屈辱的磨难，有过痛苦的忏悔，有过平静的安宁。巴金的人生，映照着一代中国五四知识分子坎坷而不平凡的命运。

《壮心系科学　孜孜为国昌——理论化学家唐敖庆》

本书讲述了唐敖庆从出国求学、学业有成、回国任教，到服从安排、艰苦工作、刻苦钻研，最终成为中国量子化学奠基者的过程。让人们看到了这位著名化学家的赤心爱国、严谨治学、大公无私的崇高品格和科研上的卓越成就。

《中国导弹之父——著名科学家钱学森》

当第一颗原子弹升空的时候，当中国的人造卫星奏响《东方红》的时候，当中国运载火箭腾空而起的时候，当中国研制的导弹准确命中目标的时候，人们都会想起他的名字：中国导弹之父钱学森。

《中国近代力学的奠基人——著名科学家钱伟长》

钱伟长曾以中文和历史两个100分的成绩考入清华大学。九一八事变后，钱伟长毅然放弃了文科的学习而转为理科。他是中国近代力学、应用数学的奠基人之一，在固体力学、流体力学以及航空航天领域，取得了卓越的成就，为新中国的现代化建设付出了毕生的精力。

《中国光学科学的奠基人——著名科学家王大珩》

王大珩是我国著名的科学家，中国光学科学的奠基人。他先在清华就读，后赴英国求学，学业有成，立志科学救国，其成就享誉神州。他以科学的求是精神和赤诚的爱国情怀，探索着中国光学发展的闪光之路。